哈福

哈福

哈福

1分鐘快聽學習法

躺著背英語單字1600

用TED名師的方法，30秒記住單字

蘇盈盈 · Lily Thomas —— 合著

哈福

用 TED 名師的方法，很快學會說英語

聽各行各業傑出人物在 TED 中的演講，是我每天的功課和習慣，其中令我最敬佩的，就是英語名師在 TED 的演講中提到：1000 單，就含蓋了 85% 會話必備單字。4 個捷徑、5 個方法，6 個原則 6 個月就能學會英語。好東西要和好朋友分享，在這裡特別推薦給有心想學英語的讀者。

你是不是常有這樣的困擾：

7000 單，10000 單，背了又忘，忘了又背，老是背不起來。

其實，你可以不用那麼累。

記住英語名師在 TED 的演講，你真的可以躺著學，輕鬆說。

456 英語學習秘技即是：

4 個捷徑、5 個方法，6 個原則，快速溜英語

【速記好學，4 捷徑】

1. **群組聯想記憶：**

   詞性、同義字、反義字、相關字，同時並列，單字記憶量，光速倍增。排版設計一目瞭然，一書在手，學習事半功倍。

2. **易學好記**

   每個單字都是考試最常考、外國人天天說的單字、都是最簡單實用的單字，讓你快速記憶，更懂得如何正確應用每個單字。

3. **不用查字典，省時省力，學習英語的成功拍檔。**

4. 不論走路、坐車、開車，坐著、躺著，隨時隨地，你可以跟著老師一起學英語，跟聽、跟說，是學好純正的英語最佳捷徑。

【輕鬆學會，5 方法】

1. **專注**：專注**於**你有興趣的那種英語內容。
2. **溝通**：把英語當作溝通工具使用。
3. **聊天**：不要從語言中猜意思，而要從交流中了解意思。
4. **大腦**：訓練你的大腦，讓它接受英語的聲調。
5. **心情**：高興、放鬆、好奇，您會很快學好英語。

【實力倍增，6 原則】

1. **核心單字**：學外語，記 1000 個單詞，就已含蓋了日常會話 85% 的內容。
2. **大量聽**：躺著背、躺著學、躺著聽、坐著聽、開車聽、走路聽，最好。
3. **大量學**：一種語言，只要會 10 個動詞、10 個名詞和 10 個形容詞，再擴充和聯想，你就可以脫口說出 1000 句會話。
4. **專注**：學英語專注於理解意思，要優先於理解單詞。
5. **模仿**：學英語，一定要模仿老外的面部表情和面部運動。
6. **左右腦圖像記憶**：連接大腦圖像記憶和聯想法，印象會較深刻，而且長久。

什麼是學語言最好、最有效的方法，相信每個人的答案和經驗都不一樣。因為每個人的學習習慣並不盡相同，吸收能力也不一樣。有些人喜歡到當地學習、有些人喜歡啃文法書、有些人喜歡嘗試新奇獨特的方法，體驗與眾不同的學習方式。其實不管哪一種方法，自己吸收的效果好，就是最有效的學習方式。

本書特別精選了，初學英語必學的 1600 個單字。這些單字都是最簡單、最初級、最實用的單字。為了讓讀者免於死背單字的痛苦，每一個單字都用簡單的例句，示範單字使用的時態、動詞的變化、和靈活運用的方法。

每個單字都附有中文意思、詞性、同義字、相關字和例句，學會這些單字，不但可以成為學會英語的墊腳石，書中所介紹的例句，都是日常生活常用的語句，對於提升英語會話能力，也會有很大的幫助。

▌學英語是投資報酬率最高

「英語」使用人口，佔全世界的第二名，僅次於中文。在世界各國，由於英語使用人口眾多，所以，「英語」往往成為大家學習外語時的第一選擇。

學會了英語，你不但可以和世界各國人士溝通，投資報酬率可說相當的高。對許多人而言，學習英語，更是拓展工作機會的必備技能，是刻不容緩的自我投資。

▌教你學單字，更讓你學會怎麼用單字

如果你是英語初學者，在學單字的時候，最好同時學會該單字的例句。學單字累積自己的單字量，是學英語時的必經過程，但是累積字彙量，不是只知道單字而已，你必須清楚的知道單字的用法。

基於幫助讀者更容易掌握單字的需求，本書除了介紹簡易的英語單字外，每個單字都有附例句，讓你同時學習該單字的用法。書中的例句不僅實用，同時以英語相關的資訊造句，利用這些實用的造句，和外國朋友聊天時，還能和他們一見如故，拉近彼此之間的距離。本書的單字和例句，絕對能成為你學習英語的最佳基石。

▌優質 MP3 幫助你更輕鬆的學好英語

　　本書附有優質 MP3，外籍錄音老師會先示範單字的唸法，讓你聽清楚單字的發音，緊接著老師會示範造句的唸法，你可以跟著老師一起學說英語。如果你是自學者，在沒有豐富的學習環境時，善加利用有聲 MP3，可以讓你的學習事半功倍喔。

編者 謹識

CONTENTS

本書使用方法

① 考試常考、
老外天天用的單字，
頻率達80%以上

② 字義解說，非常詳細，理解、記憶一次到位

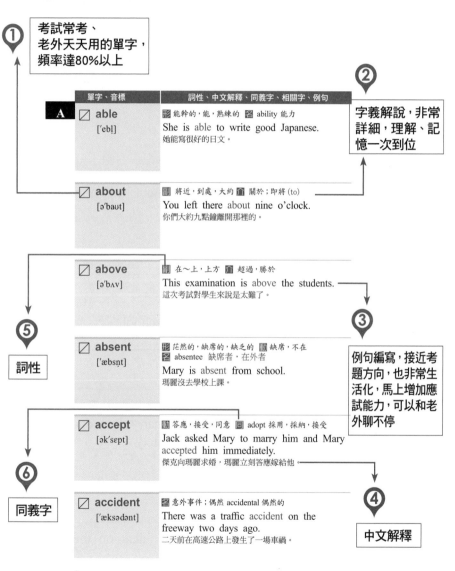

單字、音標	詞性、中文解釋、同義字、相關字、例句
A ☑ able ['ebl]	形 能幹的，能，熟練的 名 ability 能力 She is able to write good Japanese. 她能寫很好的日文。
☑ about [ə'baʊt]	副 將近，到處，大約 介 關於；即將 (to) You left there about nine o'clock. 你們大約九點鐘離開那裡的。
☑ above [ə'bʌv]	副 在～上，上方 介 超過，勝於 This examination is above the students. 這次考試對學生來說是太難了。
☑ absent ['æbsṇt]	形 茫然的，缺席的，缺乏的 副 缺席，不在 名 absentee 缺席者，在外者 Mary is absent from school. 瑪麗沒去學校上課。
☑ accept [ək'sɛpt]	動 答應，接受，同意 同 adopt 採用，採納，接受 Jack asked Mary to marry him and Mary accepted him immediately. 傑克向瑪麗求婚，瑪麗立刻答應嫁給他。
☑ accident ['æksədənt]	名 意外事件；偶然 accidental 偶然的 There was a traffic accident on the freeway two days ago. 二天前在高速公路上發生了一場車禍。

⑤ 詞性

⑥ 同義字

③ 例句編寫，接近考題方向，也非常生活化，馬上增加應試能力，可以和老外聊不停

④ 中文解釋

8

☐ **able**
['ebḷ]

形 能幹的，能，熟練的　名 ability 能力

She is able to write good Japanese.
她的日文寫得很好。

☐ **about**
[ə'baʊt]

副 將近，到處，大約　介 關於，即將 (to)

You left there about nine o'clock.
你們大約九點鐘離開那裡的。

☐ **above**
[ə'bʌv]

副 在～上，上方　介 超過，勝於

This examination is above the students.
這次考試對學生來說是太難了。

☐ **absent**
['æbsṇt]

形 茫然的，缺席的，缺乏的　動 缺席，不在
名 absentee 缺席者，在外者

Mary is absent from school.
瑪麗沒去學校上課。

☐ **accept**
[ək'sɛpt]

動 答應，接受，同意　同 adopt 採用，採納，接受

Jack asked Mary to marry him and Mary accepted him immediately.
傑克向瑪麗求婚，瑪麗立刻就答應了。

☐ **accident**
['æksədənt]

名 意外事件，偶然　形 accidental 偶然的

There was a traffic accident on the freeway two days ago.
二天前在高速公路上發生了一場車禍。

單字、音標	詞性、中文解釋、同義字、相關字、例句
☑ **accompany** [əˈkʌmpənɪ]	動 伴隨，陪伴，伴奏　名 accompaniment 伴隨物 名 accompanist 伴奏者 She was accompanied at the piano by her sister. 她由她的姐姐伴奏鋼琴。
☑ **accomplish** [əˈkɑmplɪʃ]	動 達到，完成　名 accomplishment 成就，才藝 同 realize 實現 Through hard work John accomplished his research at last. 經過一番辛苦努力，約翰最後完成了他的研究工作。
☑ **according** [əˈkɔrdɪŋ]	形 依照，依據　名 accordance 一致　動 accord 一致，相合 Students will be praised or punished according to their behavior. 學生們將依據他們的行為來獎懲。
☑ **account** [əˈkaʊnt]	名 原因，戶頭，帳目　動 認為，說明　名 accountant 會計員，主計員 My husband has an account with the City Bank. 我先生在花旗銀行有個戶頭。
☑ **across** [əˈkrɔs]	副介 橫過，越過，遇到，交叉，在…另一邊 He swam across The Yellow River. 他游過黃河。
☑ **act** [ækt]	動 行動，扮演，表現，做某事　名 行為，舉動 His life was saved because the doctor acted so quickly. 他的命因為醫生的動作相當迅速而救回來。

單字、音標	詞性、中文解釋、同義字、相關字、例句
☐ **action** [ˈækʃən]	名 行為，動作，情節，演技　動 activate 刺激，使活動，活性化　同 behavior 行為，表現 It is time for us to take action. 該是我們採取行動的時候了。
☐ **actual** [ˈæktʃʊəl]	形 真實的，實際的　副 actually 實際上 Can you tell me the actual conditions? 你能告訴我實情嗎？
☐ **add** [æd]	動 增加，加起來　形 additional 附加的，追加的 名 addition 加，增加，添加物 If the coffee is too bitter, add some more sugar. 假如咖啡太苦，再加點糖。
☐ **address** [ˈædrɛs]	動 [əˈdrɛs] 發表演說，寫住址，獻殷勤　名 [ˈædrɛs, əˈdrɛs] 講演，住址，(pl) 求愛　名 addressee 收信人 Address your complaints to the boss, please. 有什麼怨言請向老闆提出。
☐ **admire** [ədˈmaɪr]	動 欽佩，欣賞，喜歡　形 admirable 令人驚奇的，可欽佩的　名 admiration 欽佩，讚美 Don't forget to admire the students. 不要忘了讚美學生們。
☐ **admit** [ədˈmɪt]	動 承認，許入，容許　名 admittance 入場，許可 副 admittedly 明白地，公認地 The student opened the door and admitted the teacher. 學生開門，讓老師進入。

單字、音標	詞性、中文解釋、同義字、相關字、例句
☐ **advance** [əd'væns]	動 促進，提前，前進，進步，升級　名 前進，進步， (pl) 貸款，預支　形 advanced 進步的，高深的　名 advancement 前進，進步 American troops have advanced ten miles. 美國軍隊已經前進了十哩路了。
☐ **advantage** [əd'væntɪdʒ]	名 利益，優勢　形 advantageous 有利的，便利的 Living in Taipei has many advantages, such as good traffics, theaters, and department stores. 住在台北有很多優點，如便利的交通、好的電影院和百 貨公司。
☐ **adventure** [əd'vɛntʃɚ]	名 奇遇，冒險　形 adventurous 愛冒險的，膽大的 名 adventurer 冒險者，冒險家 My teacher told us his adventure in America. 老師跟我們說他在美國的奇遇。
☐ **advise** [əd'vaɪz]	動 勸告，建議，通知，請教　形 advisory 勸告的，顧問 的　名 adviser 顧問，（大學）導師 Mother advised the children starting to study early. 媽媽建議孩子們早點唸書。
☐ **aeroplane** ['ɛrəˌplen]	名 飛機（=airplane） The aeroplane shortened the distance between the countries. 飛機縮短國與國間的距離。
☐ **affair** [ə'fɛr]	名 事情，事件，(pl) 事務，業務 How do my brother's affairs stand now? 我弟弟的事情現在狀況怎樣？

單字、音標	詞性、中文解釋、同義字、相關字、例句
☑ **affect** [əˈfɛkt]	働 影響，感動，愛好 形 affected 感動的，受影響的 同 influence 影響 The climate affected my father's health. 氣候影響了我父親的健康。
☑ **afford** [əˈford]	働 能，產生，供給 If the students want to pass the examination, they can't afford time to play. 假使學生想要通過考試，他們就不能把時間拿去玩。
☑ **afraid** [əˈfred]	形 怕，畏懼的，恐怕　反 brave 勇敢的 Don't be afraid to ask teacher any questions in the classroom. 在教室裡，不要害怕問老師問題。
☑ **after** [ˈæftɚ]	副 以後，後面　形 以後的，隨後的　介 在…之後，在…後面 反 before 在…前面 My husband will return after five o'clock. 我先生將在五點鐘以後回來。
☑ **afterwards** [ˈæftɚwɚdz]	副 以後，後來（=afterward）　反 beforehand 預先 Robert worked for a while afterwards. 羅伯後來又工作了一會兒。
☑ **again** [əˈgɛn]	副 再，再則，再一次 Do it again, please. 請再做一遍。

單字、音標	詞性、中文解釋、同義字、相關字、例句
☐ **against** [ə′gɛnst]	介 反對，對著，逆，違反，靠，依 Everybody was against this proposal. 每個人都反對這個提議。
☐ **age** [edʒ]	名 年齡，壽命，時代，法定年齡　動（使）變老，變成熟 Mary's age is twenty. 瑪麗二十歲。
☐ **ago** [ə′go]	副 以前 I met Ann a few years ago. 我在幾年前碰到安。
☐ **agree** [ə′gri]	動 同意，相同，一致，答應，承認　形 agreeable 合意的 名 agreement 一致，同意，契約，協議 副 agreeably 同意地，一致地 Alice agreed to marry him. 愛麗絲答應和他結婚。
☐ **ahead** [ə′hɛd]	副 在前面，前進，預先，領先，贏，占優勢 The workers came out a few hundred dollars ahead. 工人們結果賺了幾百元。
☐ **aid** [ed]	名 幫助，援助　動 幫助，援助，促成 Come to my grandfather's aid, please. 請過來幫幫我祖父。

單字、音標	詞性、中文解釋、同義字、相關字、例句
☑ **aim** [em]	勔 瞄準，企圖，意欲，致力，打算　图 瞄準，目的 I aim to buy a computer. 我打算去買電腦。
☑ **air** [εr]	图 空氣，天空，外觀，曲調，旋律，態度，樣子 My son opened the door to let some fresh air into the room. 我的兒子打開門，讓新鮮空氣進屋來。
☑ **alarm** [ə'lɑrm]	图 驚慌，擔心，警報，警報器，動員令 勔 使驚慌，警告，向…下動員令 Tony didn't take alarm at the traffic accidents. 東尼聽到車禍的消息並不吃驚。
☑ **alive** [ə'laɪv]	形 活的，活躍的，充滿的，敏感的，有效的，存在的 Is that old man still alive? 那老人還活著嗎？
☑ **all** [ɔl]	形 完全的，所有的，任何的，全部的，一切的 图 全部，全體　代 全體，總數　副 完全地，十分 All fifty students are playing. 五十個學生全都在玩。
☑ **allow** [ə'laʊ]	勔 准許，允給，承認，認為 Dogs and cats are not allowed into the park. 狗和貓不准進入公園。

單字、音標	詞性、中文解釋、同義字、相關字、例句
☑ **almost** ['ɔl,most]	副 幾乎，差不多　同 nearly 差不多，幾乎 All the students were almost home. 所有的學生差不多都已到家了。
☑ **alone** [ə'lon]	形 單獨的，孤單的，獨特的，僅，只，唯一的 副 單獨地，孤單地，獨特地 Kandy was alone in the dark room. 肯迪獨自一個人待在黑暗的房間裡。
☑ **along** [ə'lɔŋ]	副 介 沿著，向前，共同，一起，到場 He took two friends along with him to see movies. 他帶了兩個朋友一起去看電影。
☑ **aloud** [ə'laʊd]	副 高聲地，大聲地 Please read aloud after the teacher. 請跟老師大聲朗讀。
☑ **already** [ɔl'rɛdɪ]	副 早已，已經，先前 May had already left when I arrived. 我到的時候，梅已經離開了。
☑ **also** ['ɔlso]	副 連 並且，又，亦，另外，而且 That girl is beautiful; she is also courteous. 那女孩很漂亮，而且也很有禮貌。

單字、音標	詞性、中文解釋、同義字、相關字、例句
☐ **although** [ɔl'ðo]	連 雖然，儘管 Although she is poor, she is still happy. 她雖然貧窮，但還是很快樂。
☐ **always** ['ɔlwez]	副 不斷地，總是，永遠，老是，一直 The boy always sleeps very early. 這男孩子一直都很早睡覺。
☐ **among** [ə'mʌŋ]	介 在…之中，在一類中，與…在一起 Newton is among the world's greatest physicists. 牛頓是世界上最偉大的物理學家之一。
☐ **amount** [ə'maʊnt]	名 總數，總額，數量　動 總計，等於，近於，成為 同 value 價值，價格 The amount of ten and five is fifteen. 十加五等於十五。
☐ **ancient** ['enʃənt]	形 古代的，古舊的，老式的　副 anciently 古老地 China is an ancient country with a long history. 中國是一個歷史悠久的古老國家。
☐ **anger** ['æŋgɚ]	動 惹怒，激怒　名 憤怒　形 angry 發怒的，憤怒的 The student's mischief angers his teacher. 這個學生的頑皮常使老師生氣。

☐ **animal**
['ænəml̩]

名 動物，牲畜，殘暴的人
形 動物的，肉體的，肉慾的

There are many animals in the forest.
森林裡有許多動物。

☐ **announce**
[ə'naʊns]

動 宣告，發表，通知，述說　名 announcement 通告
名 announcer 通告者，廣播員

Tony and Mary announce a wedding in the papers.
東尼和瑪麗在報上刊登結婚啟事。

☐ **another**
[ə'nʌðɚ]

形 代 又一的，再一的，另一的，不同的

Do you want to have another glass of coffee?
你想再來一杯咖啡嗎？

☐ **answer**
['ænsɚ]

名 回答，答覆，答案　動 答覆，答應，符合，應付，反
駁　形 answerable 有責任的，可答覆的

Have you had an answer to your letter?
你接到回信了嗎？

☐ **any**
['ɛnɪ]

形 代 任一，有何，有多少，任何，每一個，所有
副 略，稍

Any person can do that.
每個人都能做那事。

☐ **anybody**
['ɛnɪˌbɑdɪ]

代 名 任何人，重要人物　反 nobody 沒有人，小人物

Did you see anybody in the park?
你看見任何人在公園嗎？

單字、音標	詞性、中文解釋、同義字、相關字、例句
☐ **anything** [ˈɛnɪˌθɪŋ]	代 名 任何事物 Do you have anything to drink? 你有什麼喝的嗎？
☐ **anyway** [ˈɛnɪˌwe]	副 無論如何，不管怎麼說，至少 同 anyhow 無論如何 It seemed as if he couldn't speak the right word anyway. 他似乎怎麼也說不出恰當的字眼來了。
☐ **apart** [əˈpɑrt]	副 拆開，分開，離開，個別，相間隔 The two towns are five miles apart. 這兩個城鎮相距五哩。
☐ **appeal** [əˈpil]	動 求援，懇求，上訴，吸引，呼籲 名 吸引力，懇求，上訴，訴諸 The teacher appealed the students to make less noise. 老師請學生不要那麼大聲吵嚷。
☐ **appear** [əˈpɪr]	動 出現，顯得，出版，發表，出庭，產生 He appears promptly at the office each day. 他每天準時出現在辦公室。
☐ **apple** [ˈæpl̩]	名 蘋果，蘋果樹 My father eats an apple every night. 我父親每天晚上吃一個蘋果。

單字、音標	詞性、中文解釋、同義字、相關字、例句
☐ **apply** [ə'plaɪ]	動 引用，使用，專心，適用，請求，申請 形 applied 應用的，實用的 名 application 應用，適用 Vivian applies herself to learn Japanese. 薇薇安致力於學習日語。
☐ **appoint** [ə'pɔɪnt]	動 任命，委派，指定，約定，裝設，處置 形 appointed 指派的，約定的 名 appointment 任命，職位，約會 James's father appointed him to be president. 詹姆士的父親指派他為總經理。
☐ **approach** [ə'protʃ]	動 接近，靠近，致力於，行進，迫近，對付，探討 名 行進，步驟，方法，態度 形 approachable 可接近的 Maggie is easy to approach. 瑪姬是個平易近人的人。
☐ **area** ['ɛrɪə]	名 地區，面積，範圍，空地，庭院 This building covers an area of 50 hectares. 這個建築物占地五十公頃。
☐ **arm** [ɑrm]	名 臂，海灣，扶手，得力助手，(pl) 武器，軍火，兵種 動 武裝，備戰 Dora came to me with a baby in her arms. 朵拉手裡抱著一個嬰兒向我走來。
☐ **army** ['ɑrmɪ]	名 軍隊，陸軍，群眾 Albert has to join the army according to the law. 根據法律規定，艾伯特必須服兵役。

單字、音標	詞性、中文解釋、同義字、相關字、例句
☑ around [əˋraʊnd]	介 環繞，在四周，圍於，大約 The moon moves around the earth. 月球繞著地球轉。
☑ arrange [əˋrendʒ]	動 排列，整理，協商，安排，解決 名 arrangement 布置，處理，(pl) 準備 Dick and Cynthia arranged to meet in a coffee shop. 狄克和辛西亞已安排好在一家咖啡廳見面。
☑ arrive [əˋraɪv]	動 抵達，獲得，達到，成功，成名，出生 名 arrival 到達，到達的人或物 The children have arrived at school very early. 孩子們很就早到達學校了。
☑ art [ɑrt]	名 美術，藝術，技術，(pl) 詭計　形 artistic 美術的，藝術的　名 artist 畫家，藝術家 Sculpture and painting are forms of art. 雕刻和畫畫都是美術。
☑ article [ˋɑrtɪkl]	名 論文，文章，條款，商品，罪狀，契約 Doris sent two articles to the magazine two days ago. 二天前，朵麗斯寄了二篇文章給雜誌社。
☑ as [æz]	連副 相等，相同，同樣，例如，因為，由於，像，為了，也一樣 Betty is as beautiful as Clare. 貝蒂和克萊兒一樣漂亮。

單字、音標	詞性、中文解釋、同義字、相關字、例句
☐ **aside** [əˈsaɪd]	副 在旁邊，側向地，撇開，離開，除去 They stood aside to let the troops pass. 他們站到一旁，讓軍隊通過。
☐ **ask** [æsk]	動 詢問，問，請求，邀請，要求，公布 May I ask a question? 我可以問一個問題嗎？
☐ **asleep** [əˈslip]	形 副 睡著的，不活潑的，麻痺的，長眠的，靜止的 Bernard dropped asleep in a minute. 伯納一下子就睡著了。
☐ **association** [ə,sosɪˈeʃən]	名 會，協會，社團，聯合，友誼 動 associate 聯想，聯合，結合 Do you want to join their association? 你願意加入他們的協會嗎？
☐ **assume** [əˈsjum]	動 假定，擔任，假裝，呈現，穿上 名 assumption 假定，擔任，假裝 I assume that Bertha has heard the good news. 我想貝莎已經聽到了這個好消息。
☐ **assure** [əˈʃʊr]	動 確保，保證，使確信，保險，查明　形 assured 確信的，自信的，保險的　名 assurance 確信，保證，信任 Edwin assured me that Anna would go to the party. 愛德恩向我保證安娜一定會去參加舞會。

單字、音標	詞性、中文解釋、同義字、相關字、例句
☑ **attack** [əˈtæk]	動 攻擊，侵襲 名 攻擊，進攻，強姦，侵害，著手，從事 Daisy was attacked by the flu and had to stay in the hospital. 黛西因為流行性感冒，不得不住進醫院。
☑ **attempt** [əˈtɛmpt]	名 動 試圖，襲擊，攻擊，企圖，努力 形 attemptable 可以嘗試的 They succeeded at the first attempt. 他們旗開得勝。
☑ **attend** [əˈtɛnd]	動 出席，參加，上～，照料，料理，從事，注意，專心 形 隨傳的，出席的　名 attendance 出席，隨從，侍候 The mother attended her baby day and night. 這位媽媽日以繼夜地照顧她的寶寶。
☑ **attention** [əˈtɛnʃən]	名 注意，專心，禮貌，關心，修理 形 attentive 注意的，殷勤的，關懷的 Enid's application will have attention. 伊尼德的申請將被列入考慮。
☑ **attitude** [ˈætəˌtjud]	名 態度，看法，姿勢 動 attitudinize 採取某種姿勢，裝腔作勢 What's Janet's attitude towards that proposal? 珍尼特對那個建議有什麼看法？
☑ **aunt** [ænt]	名 姑媽，姨媽，舅媽，嬸嬸，伯母，大媽 Shall we go to visit your aunt in New York? 我們要去紐約拜訪你的姑媽嗎？

單字、音標	詞性、中文解釋、同義字、相關字、例句
☑ **author** [ˈɔθɚ]	图 作者，作家，發起人，創始者，上帝 形 authorial 著者的，作家的 Shakespeare is the famous author in the world. 莎士比亞是世界知名作家。
☑ **authority** [əˈθɔrətɪ]	图 權威，權力，許可，理由，授權，官方，專家，(pl) 當局　形 authoritative 權威的，可信的 動 authorize 授權，認可，使…成為正當 The policemen have the authority to arrest robbers. 警察有權逮捕強盜。
☑ **automobile** [ˈɔtəməˌbil]	图 汽車 Japan has the advanced automobile industry. 日本有發達的汽車工業。
☑ **autumn** [ˈɔtəm]	图 秋，成熟期，漸衰期　形 autumnal 秋天的，秋熟的，已過壯年的 Summer is passing, autumn is coming. 夏去秋來。
☑ **avenue** [ˈævəˌnju]	图 林蔭道，通道，途徑 Derek likes to have a walk on the avenue in the early morning. 德瑞克喜歡一大早在林蔭大道上散步。
☑ **average** [ˈævərɪdʒ]	图 平均數，普通，平常，平均，成功率　形 平均的，普通的，平常的 The average of 4, 5 and 9 is 6. 四、五、九的平均數是六。

單字、音標	詞性、中文解釋、同義字、相關字、例句
☐ **avoid** [ə'vɔɪd]	動 避免，防止，躲開，撤銷　形 avoidable 避免的 名 avoidance 迴避，躲避，空缺 Alison cannot avoid meeting Edgar. 愛麗生無法避免不見愛德嘉。
☐ **awake** [ə'wek]	動 醒，喚醒，起床，意識到　形 醒著的，警惕的 The sound of the engine awoke the child. 引擎聲把小孩吵醒了。
☐ **away** [ə'we]	副 向遠處，離開，不在，向另方向，消逝，立刻，不存在 形 在外的 Emma just lives a few buildings away. 愛瑪住在離這裡幾棟大樓的地方。
☐ **awful** ['ɔfʊl]	形 可怕的，莊嚴的　副 awfully 令人畏懼地，很了不得 Emily was struck by the awful accident then. 愛蜜麗被當時可怕的意外事件嚇住了。

☐ **baby** ['bebɪ]	名 嬰兒，幼鳥，孩子氣的人，（俗）女孩 動 縱容，嬌養　形 babyish 孩子氣的 The baby looks like a doll. 這個嬰兒像洋娃娃一樣。
☐ **back** [bæk]	名 背，背部，後面，背面　形 後面的，舊的　副 向後， 回溯，回原處，還，以前　動 支持，使向後退，下賭注於 There is a restaurant at the back of the school. 學校後面有一家餐廳。

單字、音標	詞性、中文解釋、同義字、相關字、例句
☑ **bad** [bæd]	形 壞的，不好的，不良的，邪惡的，不美的，破敗的，頑皮的 The girl was bad at home. 這女孩在家裡頑皮搗蛋。
☑ **bag** [bæg]	名 袋，手提包，手提箱，褲子，妓女 形 baggy 膨脹的 Almost each girl has a nice bag with her. 幾乎每個女孩身邊都帶著一個漂亮的手提包。
☑ **bake** [bek]	動 烘，烤，烘乾　名 baker 麵包師父　名 bakery 麵包店 Beryl likes to eat the bread baked by my father. 白麗兒喜歡吃我父親烤的麵包。
☑ **balance** ['bæləns]	動 稱，平衡，相稱，猶疑，躊躇，擺動 名 天平，彈簧，秤，平衡，均勢，對稱，結存，鎮定 Can Amy balance herself on skates? 艾咪穿了溜冰鞋，能保持平衡嗎？
☑ **ball** [bɔl]	名 球，壞球，球狀物，子彈，舞會 This ball is with Andrew. 該安德魯發球了。
☑ **band** [bænd]	名 群，隊，伙，樂隊，帶，條紋，波段 動 聯合，用帶結繫 You can use iron bands round the bucket to make it strong. 你可以用鐵箍使水桶變牢固些。

單字、音標	詞性、中文解釋、同義字、相關字、例句
☐ **bank** [bæŋk]	名 銀行，岸，堤，沙灘，堆　動 圍堤，成堆狀，傾斜 George and Irene had a hearty talk while walking along the bank. 喬治和愛琳一邊沿著堤岸散步，一邊傾心而談。
☐ **bar** [bɑr]	動 阻擋，捉住，妨礙，排擠 名 橫木，柵欄，酒吧，餐櫃，法庭，櫃檯 The smoking students were barred by the teacher at the gate. 老師在門口擋住了抽煙的學生。
☐ **bare** [bɛr]	形 赤裸的，光禿的，空的，僅有的，勉強的　動 使赤裸，暴露，透露　副 barely 僅，幾乎不能，赤裸裸地 A man with his head bare was walking through the crowd. 一個光頭男人正穿過人群。
☐ **bark** [bɑrk]	動 吠，大聲叫賣，咆哮　名 吠聲，狗叫，咆哮，咳嗽聲 The dogs barked furiously at her. 狗朝著她凶惡地吠叫。
☐ **base** [bes]	名 底，地基，基礎，起點，本金，根據　形 卑鄙的，劣等的，假的，私生的　動 基於，以…為根據 Vocabulary is the base of smart English. 詞彙是精通英語的基礎。
☐ **baseball** [ˈbesˌbɔl]	名 棒球　名 baseman（棒球）壘手 Baseball is a very popular sport in the world. 棒球是世界很風行的運動。

單字、音標	詞性、中文解釋、同義字、相關字、例句
☑ **bath** [bæθ]	名 洗澡，浴器，浴室，澡堂　　動 洗澡 Peter took a hot bath then went to sleep last night. 彼得昨晚洗了一個熱水澡，之後就去睡覺了。
☑ **basket** ['bæskɪt]	動 投入籃內　　名 籃子，筐，籃狀物，雜種 Many girls like to watch their idols basketing balls on the ground field. 許多女孩子喜歡看她們的偶像在球場上籃。
☑ **battle** ['bætl]	名 戰鬥，鬥爭，爭論　　動 戰，奮鬥，鬥爭 A lot of soldiers fall in battle of the Middle East. 有許多軍人在中東戰爭中陣亡。
☑ **bay** [be]	名 海灣，吠聲　　動 使走投無路 They will spend their spring vacation near the bay. 他們將在海灣附近度春假。
☑ **beach** [bitʃ]	名 海濱，海灘　　動 移（船）靠岸，擱淺 同 shore 濱岸 This building is set up in the beach and faces the ocean. 這棟大樓蓋在海濱上，面對大海。
☑ **bear** [bɛr]	動 承受，經得起，需要，負擔，佩帶，具有，忍受 名 熊，粗魯的人 The thin ice cannot bear truckloads. 薄冰承受不了卡車重量。

單字、音標	詞性、中文解釋、同義字、相關字、例句
☑ **beat** [bit]	動 打，連打，擊敗，敲，脈動　名 划，衝擊，脈搏 The rain was beating against the doors. 雨打在門上。
☑ **beautiful** ['bjutəfəl]	形 美麗的，完美的，出色的　名 beauty 美貌，美人，美 反 ugly 醜陋的 Susan is a good hearted beautiful girl. 蘇珊是一個美麗善良的女孩。
☑ **become** [bɪ'kʌm]	動 變為，成為，適合，相稱 形 becoming 適當的，合適的 David will soon become twenty. 大衛不久就要二十歲了。
☑ **bed** [bɛd]	名 床，墳墓，底 My grandfather was confined to his bed for a long time. 我的祖父臥病在床已有一段時間。
☑ **bee** [bi]	名 蜂，蜜蜂，集會，怪念頭，幻想 Edith has a new bee that she'd like to be a scientist. 伊達絲又異想天開，想要當科學家。
☑ **before** [bɪ'for]	介 在⋯前面　副 在前，以前，早於　連 以前，前於 The soldiers would die before surrendering. 軍人寧死也不投降。

單字、音標	詞性、中文解釋、同義字、相關字、例句
☐ **beg** [bɛg]	動 乞求，懇求 Grace begged a month off. 葛瑞絲請了一個月的假。
☐ **begin** [bɪˈgɪn]	動 開始，開創，著手於　名 beginner 初學者，創始者 The film will begin at eight oˈlock. 電影將在八點鐘開演。
☐ **behind** [bɪˈhaɪnd]	介 在後，落後，遲　副 在背後，落後，遲，慢 I am behind her in English. 我英文不如她。
☐ **behold** [bɪˈhold]	動 看，將…視為　形 beholden 銘感的，(對…)感激的 名 beholder 觀看者 Mary is beheld the best speaker in this town. 瑪麗被視為這個城鎮最優秀的演說家。
☐ **being** [ˈbiɪŋ]	名 生命，存在物，生存，人，性質 No one knows when the world came into being. 沒有人知道世界是什麼時候產生的。
☐ **believe** [bɪ(ə)ˈliv]	動 相信，信任，認為，信仰，猜想　名 belief 相信，信心，信念，信仰　同 trust 信任 Donˈt believe her. 不要相信她的話。

單字、音標	詞性、中文解釋、同義字、相關字、例句
☐ **bell** [bɛl]	名 鐘，鈴，鐘聲，(pl) 喇叭褲　動 繫鈴於，置鐘於 When the students studied in the classroom they heard the bell ringing. 學生在教室用功時，聽見鈴聲響了。
☐ **belong** [bə'lɔŋ]	動 屬，附屬，應歸入　名 belongings (pl) 所有物，行李，親屬 These books belong in that room. 這些書應放在哪個房間？
☐ **below** [bə'lo]	介 在…以下，在…下面　副 在下面，向下 形 下列的，下文的，零下的 The sun has gone below the horizon. 太陽已經落入地平線。
☐ **belt** [bɛlt]	名 帶，腰帶，地帶　動 在…上繫腰帶，用帶綁住，用皮帶綁 This belt goes well with that skirt. 這條皮帶很配那條裙子。
☐ **bench** [bɛntʃ]	名 長椅，工作檯，法官席 動 在…放木凳，使坐在席位上 This room has no other furniture except for a bench. 這個房間除了一張長椅之外，別無其他家具了。
☐ **bend** [bɛnd]	動 彎曲，屈身，屈從，集中全力　名 彎曲，彎曲處 Judy bent her attention on clothing the doll. 茱蒂專心為洋娃娃穿衣服。

單字、音標	詞性、中文解釋、同義字、相關字、例句
☐ **beneath** [bɪˈniθ]	介 在下，不足取，不值得　副 在下，在底下 Jessica put her shoes beneath the table. 潔西卡把鞋子放在桌子下面。
☐ **benefit** [ˈbɛnəfɪt]	名 利益，好處，恩惠，津貼，義賣，救濟金 動 有益於，受益　形 beneficial 有利的，有益的 This medicine will be of benefit to mankind. 這種藥對人類有好處。
☐ **beside** [bɪˈsaɪd]	介 在旁，在…邊，與…相比，比得上，在…之外 副 在附近，此外 Mary sits beside John in the classroom. 在教室裡，瑪麗坐在約翰旁邊。
☐ **besides** [bɪˈsaɪdz]	副 而且，還有，此外 介 除…之外，尚有…，除…之外（不再有…） This work is very difficult; besides, time tresses. 這件工作很困難，而且時間也緊迫。
☐ **best** [bɛst]	名 佼佼者，最好之物，優越　形 最佳的，最好的，最大的， 大半的　副 最好地，最 This machine is the very best of its kind. 這部機器是同類機器中最好的。
☐ **better** [ˈbɛtɚ]	形 更好的，較的，較佳的，較多的，較大的，更 動 改善，超過，提高 Clare is a better woman than her sister. 克萊兒的為人比她姐姐好。

單字、音標	詞性、中文解釋、同義字、相關字、例句
☑ **between** [bə'twin]	介 副 在～之間 I'll call you between breakfast and lunch. 我會在早餐和午餐之間打電話給你。
☑ **beyond** [bɪ'jɑnd]	介 越過，超過，晚於　副 遠於，在遠處 This situation had got beyond Bruce. 這個局面已經不是布魯斯所能控制。
☑ **bicycle** ['baɪˌsɪk!]	名 腳踏車 My son usually goes to school by bicycle. 我的兒子通常騎腳踏車上學。
☑ **bid** [bɪd]	動 祝，表示，宣布，出價，命令 名 出價，喊價，邀請，企圖 同 command 命令 Do as you are bidden, please. 請照吩咐去做吧。
☑ **big** [bɪg]	形 大的，懷孕的，重要的，偉大的 副 大量地，大大地，大度地 I don't like Angela, because she is a big talker. 我不喜歡安琪拉，因為她喜歡說大話。
☑ **bill** [bɪl]	名 帳單，發票，紙幣，支票，議案 動 給…開帳單，通告，宣布 Ask the waitress to bring the bill for me. 請服務生把帳單拿來給我。

單字、音標	詞性、中文解釋、同義字、相關字、例句
☐ **bird** [bɝd]	名 鳥，（俚）人　名 birdie 小鳥 He is a queer bird! 他真是個怪人！
☐ **birth** [bɝθ]	名 出世，起源，身世，出身 The baby weighed 4 kilos at birth. 這個嬰兒出生時重四公斤。
☐ **bit** [bɪt]	名 一小塊，小片，少許，有點，片刻，控制物，約束 Christopher will go out to take a break for a bit. 克里斯多福要出去休息一會兒。
☐ **bitter** ['bɪtɚ]	形 有苦味的，激烈的，痛苦的，懷恨的　名 苦 England had a bitter fight and at last they won against Argentina. 英國經過苦戰，最後終於打敗了阿根廷。
☐ **black** [blæk]	形 黑色的，黑暗的，黑人的，邪惡的 名 黑色，黑漆，黑墨水，黑人 Her face was black with anger. 她的臉色氣得發紫。
☐ **blame** [blem]	動 指責，歸咎，詛咒　名 過失，責備，非難，歸咎 Don't blame it on Arthur, but on Ellis. 別怪亞瑟，應該怪艾理斯。

單字、音標	詞性、中文解釋、同義字、相關字、例句
☐ **bless** [blɛs]	動 祝福，祈禱，祈福，使幸福 The old man was blessed with good health. 人們祝福老人身體健康。
☐ **blind** [blaɪnd]	形 瞎的，缺乏判斷力的，無知覺的，盲目的，輕率的　名 窗簾，百葉窗，(pl) 盲人 Be blinded by the last for gain, that man finally committed crime to take bribes. 那人利慾薰心，最後因收受賄賂而犯罪。
☐ **block** [blɑk]	名 大塊，阻塞物，一區，阻擋　動 阻塞，妨礙，支撐 The bank is just two blocks away. 過兩條馬路就是銀行。
☐ **blood** [blʌd]	名 血，血液，殺人，流血，家世，心情　動 用血染，放…的血 These three tall and handsome boys are of the same blood. 這三個又高又英俊的男孩是同一家族的。
☐ **blow** [blo]	動 吹，吹氣，喘息，自誇，演奏，發布，爆炸，花開　名 吹風，打擊，一擊，花，開花 The south wind blows strong and news of victory keeps pouring in. 南風勁吹，捷報頻傳。
☐ **blue** [blu]	形 憂鬱的，蔚藍的，藍色的，淒涼的 名 天藍色，青色，藍色，(pl) 憂鬱，沮喪 David had painted his room blue. 大衛已經把他的房間油漆成藍色。

單字、音標	詞性、中文解釋、同義字、相關字、例句
☑ **board** [bord]	名 木板，紙板，船舷，邊，海岸，餐桌，伙食 動（收費）供…膳食，上（船，車，飛機） Mary's name is on the bulletin board. 瑪麗的名字上了布告欄。
☑ **boat** [bot]	動 乘船，划船，用船裝運 名 小船，艇，漁船，小汽船 They went to park and went boating on the lake yesterday. 昨天他們去了公園，並且到湖上划船。
☑ **body** ['badɪ]	名 身體，軀幹，主要部分，人，團體 動 賦…以形體 The body of ship was heavily hit and began to sink. 船身受到重擊，開始下沈。
☐ **boil** [bɔɪl]	動 達到沸點，（人感情）激動，（海）翻騰 名 煮沸，沸點，沸騰　形 達到沸騰的程度 When water boils it changes into steam. 當水沸騰時，就變成蒸氣。
☐ **bond** [band]	名 契約，公債，債券，結合物，黏結劑，鐐銬 動 砌合，黏著，結合在一起，團結 Allen and Claud enter into a bond after some negotiation at last. 艾倫和克萊德經過一番磋商之後，最後達成了協議。
☐ **bone** [bon]	名 骨，骨骼，屍骸　動 除去骨頭，苦讀，用功研習 Dinah broke a bone in her leg. 黛娜跌斷一根腿骨。

單字、音標	詞性、中文解釋、同義字、相關字、例句
☑ **book** [bʊk]	名 書，卷，功課，名冊 動 把…記載入冊，預定，定 形 bookish 書生氣息的，書籍的 Books make our mind wiser. 書籍使我們的頭腦更聰慧。
☑ **boot** [but]	名 長統靴，利益，獲益　動 穿（靴），踢 形 bootless 無益的，無用的 Daniel bought a new pair of black boots. 丹尼爾買了一雙黑色靴子。
☑ **border** [ˈbɔrdɚ]	動 鑲邊，毗連，接壤，接近　名 邊，界線，邊緣 America borders Canada in the north. 美國的北部和加拿大接壤。
☑ **born** [bɔrn]	形 出身於…的，天生的，生來的 Though she was born in France, she also could speak fluent Japanese. 她雖然生在法國，但仍能說流利的日本話。
☑ **both** [boθ]	形 二者，兩者皆　代 兩者，兩人，雙方 副 兩個都，既…又…，不但…而且… He wants both basketballs. 這兩個籃球他都要。
☑ **bottle** [ˈbɑtl̩]	名 瓶，一瓶容量　動 把（酒等）裝瓶，抑制（怒氣，怨氣） Tony became drunk after drinking a half bottle of wine. 東尼喝下半瓶酒後就醉了。

單字、音標	詞性、中文解釋、同義字、相關字、例句
☐ **bottom** [′batəm]	图 底，基，水底，盡頭，末端 There is some deposit in the bottom of the glass. 這個玻璃杯的底部有些沈澱物。
☐ **bow** [bau]	勔 鞠躬，屈服，點頭　图 鞠躬，弓，蝶形，弓形物 Abel doesn't know her well, they are just a bowing acquaintance. 亞伯並不是很了解她，他們只是點頭之交而已。
☐ **bowl** [bol]	图 碗，缽，一碗的大酒杯 William was so hungry and ate 4 bowls of rice. 威廉太餓了，一口氣吃下四大碗飯。
☐ **box** [baks]	图 箱，盒，郵箱，信箱，花邊消息，一巴掌，一拳 勔 拳擊，打拳 Roger's father was so angry at his deed, he gave him a box on the ear. 羅傑的父親對他的行為感到憤怒，給了他一記耳光。
☐ **boy** [bɔɪ]	图 男孩，兒子，僕人　圕 boyish 孩子氣的 Henry is a good boy. 亨利是個好男孩。
☐ **brain** [bren]	图 腦，腦袋，智力，(pl) 智囊 Eric has a good brain. 艾瑞克的腦袋很好。

單字、音標	詞性、中文解釋、同義字、相關字、例句
☐ **branch** [bræntʃ]	名 樹枝，支流，支店，分行，分局 This street branches here. 這條街在這兒岔開。
☐ **brave** [brev]	形 勇敢的，鮮艷的，壯觀的 Let us remember the brave soldiers who died in the first world war. 讓我們緬懷在第一次世界大戰中陣亡的英勇士兵。
☐ **bread** [brɛd]	名 麵包，食物，生計，衣食父母 動 在…外裹上麵包粉 Jude had eight pieces of bread for today's lunch. 裘德今天午餐吃了八片麵包。
☐ **break** [brek]	動 打破，沖破，損壞，掘，破碎，壞掉，闖入，突然發生 名 破裂，破裂處，絕交，中止 If Jack doesn't leave Judy alone, Paul will break him in two. 如果傑克對茱蒂糾纏不放，保羅就要把他劈成兩半。
☐ **breakfast** ['brɛkfəst]	名 早餐　　反 dinner 晚餐 At what time do you have breakfast? 你什麼時候吃早餐？
☐ **breast** [brɛst]	名 乳房，胸腔，心，心緒 The mother is giving her baby her breast. 母親正在給她的嬰孩餵奶。

單字、音標	詞性、中文解釋、同義字、相關字、例句
☑ **breath** [brɛθ]	名 氣息，呼吸，微風，小歇，生命 動 breathe 呼吸，吸入，生存，低語 After climbing the high mountain I have no breath left. 爬完高山之後，我喘不過氣來。
☑ **brief** [brif]	形 簡單的，簡短的，短暫的，草率的 名 摘要，簡報 To be brief with you, my parents disagree. 簡單地說，我父母親不同意。
☑ **bright** [braɪt]	形 光亮的，晴朗的，聰明的，明顯的　副 光亮地，鮮明地，歡愉地 This girl is bright and happy. 這個小女孩活潑又快樂。
☑ **bring** [brɪŋ]	動 帶來，拿來，引來，使來　反 take 帶走 Take the book to the next room, and bring the pencil here. 把書拿到隔壁房間去，把鉛筆拿到這兒來。
☑ **broad** [brɔd]	形 闊的，寬的，寬宏的　副 寬闊地 Peter is short but has broad shoulders. 彼得雖然矮，肩膀卻很寬。
☑ **broadcast** [ˈbrɔdˌkæst]	形 廣播的，散播的，普遍的　名 廣播，廣播節目 動 廣播，散播，傳布 This hot point news will be broadcast on TVBS tonight. TVBS 今晚將播報這一熱門消息。

單字、音標	詞性、中文解釋、同義字、相關字、例句
☑ **broken** [ˈbrokən]	形 破碎的，折斷的，頹喪的，間歇的，衰弱的 名 溪，小河 Lucy has a broken home, because her parents are divorced. 露西有一個破碎的家庭，因為她的父母離婚了。
☑ **brook** [brʊk]	動（常用在否定句中）容忍，忍受 The facts brook no distortion. 事實不容歪曲。
☑ **brother** [ˈbrʌðɚ]	名 兄弟，同胞，夥伴，教友，會友，社友 名 brotherhood 兄弟關係，如兄如弟的結合 Mary has an elder brother and two young brothers. 瑪麗有一個哥哥和二個弟弟。
☑ **brown** [braʊn]	形 褐色的，棕色的，曬黑的 Jessie is very brown after her vacation. 潔西渡完假之後，皮膚曬成了深褐色。
☑ **brush** [brʌʃ]	動 塗抹，字畫，刷，掠過 名 刷子，畫筆，輕碰，小爭吵，灌籃 The car just brushed him as it passed. 汽車從他旁邊擦身而過。
☑ **build** [bɪld]	動 建造，建築，創立，構成　名 構造，造型，體格　同 construct 建造，構築 The house is built of wood. 這房子是木造的。

單字、音標	詞性、中文解釋、同義字、相關字、例句
☑ **burn** [bɜn]	圙 燃燒，燒毀，燒焦　圙 燒傷，灼傷 The building is burning. 這棟大樓著火了。
☑ **burst** [bɜst]	圙 爆炸，脹裂，潰決，充滿，打破，突破　圙 爆炸，猝發 The sun burst through the cloud and shone over the earth. 陽光衝破雲層，照耀大地。
☑ **bury** ['bɛrɪ]	圙 埋葬，埋藏，掩蔽 Roger has buried his wife. 羅傑已經埋葬了他的太太。
☑ **bus** [bʌs]	圙 公車，巴士 He goes to school by bus. 他搭公車去上學。
☑ **bush** [bʊʃ]	圙 灌木，鄉村，大麻 Forests have not only the large trees, but also the bushes. 森林裡不但有許多大樹，而且也有不少灌木叢。
☑ **business** ['bɪznɪs]	圙 職業，生意，商店，商業 He went to Japan on business. 他去日本出差了。

B

Chapter 2　**B**

單字、音標	詞性、中文解釋、同義字、相關字、例句
☑ **busy** [ˈbɪzɪ]	形 忙碌的，佔線的，熱鬧的　動 使忙　名 busybody 好管閒事者，多嘴者 New York is one of the busiest cities in the world. 紐約是世界上最繁忙的城市之一。
☑ **but** [bʌt]	連 但是，然而，除卻，只有　副 僅，不過，如非　介 除卻…之外 Louis is poor, but she is happy. 雖然露意絲窮，但她很快樂。
☑ **butter** [ˈbʌtɚ]	名 奶油　動 塗奶油於…上 She likes to have butter and toast for her breakfast. 她喜歡早餐吃奶油和土司。
☑ **button** [ˈbʌtṇ]	名 鈕扣　動 扣（鈕扣） Press the red button, the window will open. 按紅色按鈕，窗戶就會打開。
☑ **buy** [baɪ]	動 買，獲得 Would you please buy me a bicycle? 你能幫我買一部腳踏車回來嗎？
☑ **by** [baɪ]	介 靠近，偏於，沿，經，依照 Jane was sitting by Ralph. 珍緊挨著拉爾夫而坐。

☐ **cabin**
['kæbɪn]

图 小木屋，座艙，艙位　　勳 住在小屋裡

The wind becomes stronger, all the passengers go back to your cabin please.
風力變強，請所有的乘客回到自己的艙位。

☐ **cake**
[kek]

图 蛋糕，餅，輕鬆愉快的事

My father is good at making cakes.
我父親很會做蛋糕。

☐ **call**
[kɔl]

勳 喊，叫，命令，召喚，打電話，訪問，要求
图 呼叫（聲），邀請，召喚，打電話，拜訪

Would you please call me a taxi?
請你幫我叫一部計程車好嗎？

☐ **calm**
[kɑm]

勳 變安靜　 形 平靜的，無風浪的，不激動的，狂妄的
图 平靜，安靜

The sea calmed down.
海上風平浪靜了。

☐ **camp**
[kæmp]

勳 露營，宿營　 图 軍營，營地，野營生活

This family goes to camp every spring.
這一家每年春天都去露營。

☐ **campaign**
[kæm'pen]

勳 從事運動，作戰，搞運動　 图 戰役，運動，競賽

She said that she would campaign for the senate.
她說她要參加議員競選。

單字、音標	詞性、中文解釋、同義字、相關字、例句
☑ **can** [kæn]	助 能，可能，會，可以，有時會 名 容器，罐頭 He could speak English fluently when he was eight. 他八歲時，就能說流利的英文。
☑ **candlelight** ['kændḷˌaɪt]	名 燭光，人造光 名 candle 蠟燭 Since there was no power, they had to read in candlelight. 由於停電，他們只好在燭光下看書。
☑ **candy** ['kændɪ]	名 糖果，蜜餞 形（服飾）花俏時髦的 The little girl got some candy from her aunt. 小女孩的姑媽給了她不少糖果。
☑ **cap** [kæp]	名 無邊便帽，蓋，頂，頂部 When she came into the classroom, she took off the cap. 她走進教室後，脫下帽子。
☑ **capital** ['kæpətḷ]	名 首都，大寫字母，資金，資本家 形 主要的，上等的，死刑的 This company has a capital of five million U.S. dollars. 這家公司擁有五百萬美元的資本。
☑ **captain** ['kæptən]	名 首領，陸軍上尉，海軍上校，船長，隊長，老板 Norman is the captain of the football team. 諾曼是足球隊隊長。

單字、音標	詞性、中文解釋、同義字、相關字、例句
☑ **car** [kɑr]	名 車，汽車，火車車廂，電梯 My brother bought a new car two days ago. 我的哥哥兩天前買了一輛新車。
☑ **card** [kɑrd]	名 入場券，卡片，紙牌，名片，明信片 On the eve of my birthday, I got a pretty birthday card from my boyfriend. 在我的生日前夕，我收到了男朋友寄來的漂亮生日卡。
☑ **care** [kɛr]	動 關心，擔心，介意，計較　名 煩惱，小心，照顧，管理，關懷，愛護　形 careful 仔細的，小心的 I don't care how difficult I'll have to meet. 無論碰到多大的困難，我都不在乎。
☑ **carry** ['kærɪ]	動 攜帶，支持，刊登，運送，達，具有 名 carriage 客車，馬車，運費，運輸 My sister carries a baby in her arms. 我姐姐抱著一個嬰孩。
☑ **case** [kes]	名 事例，情形，事情，訴訟，病狀，箱子，盒子 That is often the case with Ivan. 艾凡往往就是這樣。
☑ **cast** [kæst]	動 投，擲，拋，鑄造，捨棄　名 投，拋，鑄成物，容色，表情 The flower cast its shadow on the window. 花投影在窗戶上。

單字、音標	詞性、中文解釋、同義字、相關字、例句
☑ **castle** [ˈkæsl̩]	图 城堡，堡壘 We will make a tour to the old castle in the desert this summer. 這個夏天，我們要去那座位於沙漠中的城堡參觀。
☑ **cat** [kæt]	图 貓，心地惡毒的女人，膽小鬼 My son likes cats very much. 我兒子很喜歡貓。
☑ **catch** [kætʃ]	勔 捕捉，招惹，接住，抓住，趕上，著火，傳染，了解 图 捕捉，捕獲 The cat went after a mouse but didn't catch it. 貓追老鼠，但是沒有捉到老鼠。
☑ **cattle** [ˈkætl̩]	图 牛，牲口，畜生，害蟲 His farm has 100 head of cattle. 他的農場有一百頭牛。
☑ **cause** [kɔz]	图 原因，動機，事業，訴訟，案件　勔 致使（發生），起因於 You have no cause for anxiety. 你沒有理由焦慮。
☑ **cease** [sis]	勔 停止，終止 同 stop 停止，中止 It had rained for ten days, and the rain ceased finally. 下了十天雨，最後雨終於停了。

單字、音標	詞性、中文解釋、同義字、相關字、例句
☐ **cell** [sɛl]	名 小房間，細胞，電池 We can see cells under a microscope. 在顯微鏡下，我們可以看到細胞。
☐ **center** ['sɛntɚ]	名 中心，中心機構，中樞，中間派　動 集中，使聚集在一點，居中，被置於中心　形 central 中央的 Joan always likes to be the center of attention. 瓊老是想引人注意。
☐ **century** ['sɛntʃərɪ]	名 世紀，百年，100 元，100 磅 形 centuries-old 歷史悠久的 The twentieth century is ending and the twenty first century is coming. 二十世紀即將結束，二十一世紀即將來臨。
☐ **certain** ['sɝtn̩]	形 確實的，某一，肯定的，一些 They are certain to succeed because they work hard all the time. 他們一定會成功，因為他們總是很努力工作。
☐ **chain** [tʃen]	名 鏈，鏈條，囚禁，束縛，鐐銬，一連串 動 用鏈條拴住，拘禁，束縛 Paul had spent seven years in chains. 保羅在監獄裡關了七年。
☐ **chalk** [tʃɔk]	名 粉筆，比賽得分 Mr. Wang wrote with a piece of chalk on the blackboard. 王先生用粉筆在黑板上寫字。

單字、音標	詞性、中文解釋、同義字、相關字、例句
☐ **chamber** [ˈtʃembɚ]	動 禁閉，裝　形 室內的，小規模的　名 房間，寢室，議事廳 The solider picked up his rifle and chambered a round. 士兵拿起槍來，並裝上了一發子彈。
☐ **chance** [tʃæns]	名 機會，偶然，可能性　形 偶然的　動 碰巧，偶然，發生，冒⋯的險 We had no chance of winning the basketball game. 我們沒有機會贏得這場籃球比賽。
☐ **change** [tʃendʒ]	動 改變，調動，交換，兌換，換衣服　名 變更，變化，交易所，零錢 Can you change me a thousand for ten hundreds? 你能把一千元換成十張一百元的給我嗎？
☐ **chapter** [ˈtʃæptɚ]	名 章，篇，分會，分社，一連串事件 This novel has eleven chapters. 這本小說有十一個章節。
☐ **character** [ˈkærɪktɚ]	名 性格，名譽，地址，角色，文字，人物，特色，好名聲　動 寫，印，刻，使具有特性，描述 Olive established her character by her honesty. 奧麗芙因為人誠實，而博得了好名聲。
☐ **charge** [tʃɑrdʒ]	動 要價，裝載，使充電，命令，控訴，索價，攻擊，使負責　名 價錢，負荷，管理，責任，委託，命令，控訴，索價，債務，攻擊 They charged me NT$30 for ten eggs. 他們十個蛋賣我台幣三十元。

單字、音標	詞性、中文解釋、同義字、相關字、例句
☐ **charm** [tʃɑrm]	勔 使迷醉，使高興，施以符咒，迷人，悅人 名 魅力，誘惑力，可愛，女色，護身符 Doris charms every man she meets. 朵麗絲讓每一個遇見她的男人都對她著迷。
☐ **cheap** [tʃip]	形 便宜的，價廉的，低級的 Fresh fruits are very cheap all the year around in Taiwan. 在台灣新鮮水果一年到頭都很便宜。
☐ **check** [tʃɛk]	勔 制止，抑制，阻止，抵擋，檢查，相符，簽發支票 名 停止，核對，帳單，支票 When my mother checked her shopping list, she found she had forgotten to buy eggs. 我媽查了一下購物單，發現忘了買蛋。
☐ **cheek** [tʃik]	名 面頰，臉蛋，厚臉皮　形 cheeky 厚顏無恥的，不要臉的 Jude has plenty of cheek to mention that matter. 裘德真厚臉皮，竟敢提到那件事。
☐ **cheese** [tʃiz]	名 乾酪，出色的東西，重要人物 That bakery in the corner is famous for its cheese. 轉角的那家糕餅店以做乾酪出名。
☐ **cherry** ['tʃɛrɪ]	名 櫻桃，櫻桃樹　形 櫻桃色的，鮮紅色的，櫻桃製的，有櫻桃味的 Cherry is one kind of fruit which both looks lovely and delicious. 櫻桃是一種既悅目又味美的水果。

單字、音標	詞性、中文解釋、同義字、相關字、例句
☑ **chicken** ['tʃɪkɪn]	名 雛雞，雞，雞肉，乳臭小兒 Do you like to eat fried chicken? 你喜歡吃炸雞嗎？
☑ **chief** [tʃif]	形 主要的，首席的　名 領袖，首領，上司，長官 Rice is the chief crop of China. 稻米是中國的主要農產品。
☑ **child** [tʃaɪld]	名 小孩，兒女，子孫 They have four children. 他們有四個孩子。
☑ **China** ['tʃaɪnə]	名 中國　形 中國（人）的 China has a long history of five thousand years. 中國有長達五千年的歷史。
☑ **choice** [tʃɔɪs]	名 選擇，選擇權，精選，審慎，精華　形 慎選的，上等的，值得選用的 This department store has a big choice of hats and shoes. 這家百貨公司有很多種鞋帽可供選購。
☑ **choose** [tʃuz]	動 選擇，欲，情願，想要，做決定，喜歡 The company had chosen Tony over two other men. 這家公司決定選東尼，不選另外二人。

單字、音標	詞性、中文解釋、同義字、相關字、例句
☐ **Christian** ['krɪstʃən]	彫 基督教的，高尚的，文明的，友好的 名 基督教徒，高尚的人 Paul has a very Christian attitude. 保羅具有像基督般的態度。
☐ **Christmas** ['krɪsməs]	名 聖誕節 We usually send a Christmas card to the friend before Christmas. 聖誕節前，我們通常會寄聖誕卡給朋友。
☐ **church** [tʃɝtʃ]	名 教堂，禮拜堂，教會，禮拜　彫 教堂的，國教的 I'm just going to church to see the priest. 我正要上教堂去見牧師。
☐ **circle** ['sɝkl]	動 環繞，包圍　名 圓，周期，循環，範圍 The airplane circled round over the landing strip. 飛機在著陸跑道上空盤旋。
☐ **circumstance** ['sɝkəm,stæns]	名 情況，環境，(pl) 財力，境遇，儀式，形式 The traffic is a circumstance to be taken into consideration. 交通是要考慮的一個條件。
☐ **citizen** ['sɪtəzn̩]	名 公民，國民，市民，居民，老百姓 Jean is a British citizen but she lives in America. 珍是英國公民，但住在美國。

C

Chapter 3　c

單字、音標	詞性、中文解釋、同義字、相關字、例句
☑ **city** [ˈsɪtɪ]	名 城市,都會,全體居民 　形 civil 城市的,公民的 New York is a well-known beautiful city in the world. 紐約是世界上廣為人知的美麗城市。
☑ **civil** [ˈsɪvl̩]	形 公民的,市民的,民事的,國內的,文明的,客氣的,溫和的 The judge ordered that the prisoner should lose his civil rights. 法官下令剝奪囚犯的公民權。
☑ **claim** [klem]	動 要求,主張,認領,索取,自稱,值得,需要 　名 要求,要求權 Nigel claims a record in the race. 奈吉爾是賽跑紀錄的保持者。
☑ **class** [klæs]	名 種類,班,艙位等級,等級,階級 形 classic 第一等的,最高等的 Monica is doing first class. 莫妮卡做得非常好。
☑ **clean** [klin]	形 清潔的,清白的,有潔癖的 　副 乾淨地,完全地,技巧地 Would you please give me a clean dress? 可否給我一件乾淨的衣服?
☑ **clear** [klɪr]	形 晴朗的,清晰的,確信的,無疑的,明白的 　動 使乾淨,跳過,證明…無罪,變晴,逃走 　副 完全地,不含糊地 Jack seems quite clear about his plans. 傑克對他的計劃似乎很有把握。

單字、音標	詞性、中文解釋、同義字、相關字、例句
☐ **clerk** [klɜk]	名 店員，書記，辦事員 Lucy is just a clerk at the bookstore, and it's useless to argue with her. 露西只是書店的店員而已，跟她爭吵也沒有用。
☐ **climb** [klaɪm]	名 攀登　動 攀登，上升 The price of the gold climbed back. 金價慢慢回升了。
☐ **clock** [klɑk]	名 鐘，儀表　形 副 clockwise 順時針方向的（地） Please set the clock by the time signal on the TV. 請按照電視上的報時，把鐘撥準。
☐ **close** [kloz]	動 關，閉，結束，靠近，使接近　形 近的，接近的，緊密的，稠密的，親密的，周密的，關閉的，封閉的　名 結束，終止，通道，入口 They closed their business and moved away. 他們停止營業並且搬走了。
☐ **cloth** [klɔθ]	名 布，衣料，織物，布塊 Grace needs a lot of cloth if she wants to make a new dress. 假如葛瑞絲要做新衣服，需要很多布料。
☐ **cloud** [klaʊd]	名 雲，煙雲，大群，恥辱，污點 When the sky is covered with black clouds you can tell it's going to rain. 當天空烏雲密布時，就知道要下雨了。

單字、音標	詞性、中文解釋、同義字、相關字、例句
☐ **club** [klʌb]	名 棍棒，俱樂部，夜總會，(高爾夫球) 球棒　形 俱樂部的 Do you join a health club? 你有參加健康俱樂部嗎？
☐ **coal** [kol]	名 煤，煤炭，灰燼 A piece of coal fell from the fire and burned the chair. 一塊煤炭從火中掉出來，燒壞了椅子。
☐ **coast** [kost]	名 海岸，坡，海濱地區 The ship sails along the coast of the island. 這艘船沿著島的海岸線航行。
☐ **coat** [kot]	名 外衣，上衣，(動物) 皮毛 A thick coat of dusty fog enveloped the valley. 山谷籠罩在一片濃霧之中。
☐ **cock** [kɑk]	名 公雞，雄禽，首領，龍頭，活栓，向上翹 The dog cocked its ear when it heard the noise. 狗聽見聲音，耳朵就豎了起來。
☐ **coin** [kɔɪn]	名 錢幣，硬幣，錢 My mother has plenty of coin. 我媽媽有很多錢。

單字、音標	詞性、中文解釋、同義字、相關字、例句
☐ **cold** [kold]	形 寒冷的，冷漠的，冷靜的，無趣味的 It's wonderful to put on a warm coat and go for a walk in the cold winter. 在寒冷的冬天裡，穿上溫暖的外衣出去散步真好。
☐ **collect** [kə'lɛkt]	動 集合，收集，使鎮定，領取，接走，聚集，收款，收帳 形 由收到者付款的，送到即付現款的 Henry will come round to collect his daughter one of these days. 近日內亨利將來接回他的女兒。
☐ **college** ['kɑlɪdʒ]	名 學院，學會，社團 He was graduated from a medical college. 他是從醫學院畢業的。
☐ **colony** ['kɑlənɪ]	名 殖民地，移民隊，僑居於外國的同胞 She will live in Canada and join the Chinese colony in Vancouver. 她將住在加拿大，並成為溫哥華的華僑。
☐ **color** ['kʌlɚ]	名 顏色，彩色，膚色，紅潤，外表，顏料，生動 Victor's story has some color of truth. 維克多的故事聽起來似乎像是真的。
☐ **combine** [kəm'baɪn]	動 聯合，結合，組合　名 團體，組合，集團 The four countries combined together against their enemy. 這四國聯合抵抗共同的敵人。

單字、音標	詞性、中文解釋、同義字、相關字、例句
☐ **come** [kʌm]	動 來，來臨，來到，產生，來（自），出生（於），成為，總共 She will come to see me. 她會來看我的。
☐ **comfort** ['kʌmfɚt]	名 慰藉，安樂，舒適，安慰者 動 安慰，使舒適 同 console 安慰，慰問 The lovely girl is a great comfort to her mother. 這可愛的女孩是她母親極大的安慰。
☐ **command** [kə'mænd]	動 命令，指揮，俯視，指示，值得，博得 名 命令，控制，支配，俯視，司令部 名 commandant 司令官，指揮官 名 commander 指揮官，海軍中校，副艦長 形 commanding 指揮的，有威儀的，眺望無阻的 Joyce commanded that Grace came early. 喬依斯指示葛瑞絲早點來。
☐ **commerce** ['kɑmɚs]	名 商業，貿易，社交，交往 Japan has grown rich because of its commerce with other countries. 日本因為與他國做貿易，已變得富裕。
☐ **commission** [kə'mɪʃən]	名 委託之事任職令，委任狀，授權，佣金，委員會 動 授權，委託，任命 I'm going to execute a few small commissions for him in Tokyo. 我將幫他在東京代辦幾件小事。
☐ **committee** [kə'mɪtɪ]	名 委員會 We formed a committee on cultural development. 我們組織了一個文化委員會。

56

單字、音標	詞性、中文解釋、同義字、相關字、例句
☐ **community** [kə'mjunətɪ]	名 社區，團體，社會，共有 We were united by community of the same opinion. 我們因意見相同而聯合在一起。
☐ **companion** [kəm'pænjən]	名 同伴，伴侶，朋友，成對的物件之一　動 陪伴 同 partner 伙伴，合作者 We were traveling companions. 我們是旅遊同伴。
☐ **compare** [kəm'pɛr]	動 比較，對照，比擬，匹敵，相似，競爭 That result had been checked and compared. 那個結果已經過核對和比較。
☐ **compel** [kəm'pɛl]	動 強迫，迫使，強求 同 force 強迫，逼 The storm compelled them to stay indoors. 暴風雨迫使他們留在屋內。
☐ **complete** [kəm'plit]	動 完成，使完整 形 完整的，徹底的，絕對的，完美的，完成的 同 whole 完整的，齊全的 When will he complete the homework? 他將在什麼時候完成家庭作業？
☐ **concern** [kən'sɜn]	動 關係，與之有關，涉及，使擔心，影響，關心 名 (利害)關係，所關切的事，關心，關懷，擔心，憂慮，掛念 The wife feels concern over her husband's failing health. 這位太太對她丈夫日益惡化的健康情況感到憂慮。

C

C

單字、音標	詞性、中文解釋、同義字、相關字、例句
☐ **conclude** [kən'klud]	動 結束，結論，訂立，斷定，推斷 名 conclusion 完結，結論，結果，最後的決定 After waiting two hours I concluded that Tony wasn't coming. 在我等了二小時之後，我斷定東尼不會來了。
☐ **condition** [kən'dɪʃən]	名 情況，狀態，健康情形，地位，條件，不利情況 動 調節，附以條件，決定，規定，影響，變更 This plane is not in a condition to make a long flight. 這架飛機不宜遠程飛行。
☐ **conduct** ['kɑndʌkt]	名 行為，品行，處理，領導，指導　動 引導，帶領，陪伴，指導，指揮，實施，處理，為人，表現，傳導 名 conductance 傳導力，傳導性 His conduct at school has improved. 他在學校的行為已有進步。
☐ **confident** ['kɑnfədənt]	形 確信的，自信的，自負的，大膽的，肯定的 I am confident that I can overcome the faults. 我相信我能克服缺點。
☐ **congress** ['kɑŋgrəs]	名 代表，大會，聚會，會議，社交，國會，議會，立法機關 Our congress can decide this problem of education. 我們的國會可以解決這個教育問題。
☐ **connect** [kə'nɛkt]	動 連結，結合，聯想，給～接通電話，聯絡，接駁 名 connection 連接物，關係，宗派，聯想 Connect me with Taipei, please. 請幫我接通台北。

單字、音標	詞性、中文解釋、同義字、相關字、例句
☑ **consent** [kən'sɛnt]	勔 答應，准許，同意　名 同意，贊成，答應 Harry tried to persuade his mother but she refused to consent. 哈利想說服他的母親，但是她不同意。
☑ **consider** [kən'sɪdə]	勔 考慮，細想，認為，把⋯看成，考慮到，照顧，看重 形 considerate 考慮周到的，體諒的，體貼的，替（人）著想的　形 considerable 值得考慮的，值得重視的，重要的，相當大（多） Consider carefully before doing anything. 三思而後行。
☑ **consist** [kən'sɪst]	勔 組成，構成，存在，在於，相容，並存，符合 形 consistent 堅固的，堅實的，一致的，連貫的 This committee consists of ten members. 這個委員會由十名委員組成。
☑ **constant** ['kɑnstənt]	形 不變的，恒久的，忠實的 This story is a constant joy. 這個故事始終給人無窮的樂趣。
☑ **contain** [kən'ten]	勔 包含，容納，控制，容忍 Sea water contains salt. 海水含有鹽分。
☑ **content** [kən'tɛnt]	勔 使滿意　形 滿足的，滿意的，甘願的 名 滿足，滿意，容量，含量，內容，要旨，要意 My father told me, we should never content ourselves with book knowledge only. 父親告訴我，我們不可只滿足於書本知識。

單字、音標	詞性、中文解釋、同義字、相關字、例句

☐ **continue**
[kən'tɪnjʊ]

動 連續，繼續，持久，留任，延續

The fighting continued for seven hours.
戰鬥持續了七個小時。

☐ **contract**
['kɑntrækt]

名 合同，契約，婚約　動 收縮，皺縮，縮短，感受，感染，締結，訂約

We have made a contract with the ABC company to supply them with raw material.
我們已和 ABC 公司簽下合約，向他們提供原料。

☐ **control**
[kən'trol]

動 指揮，管理，支配，抑制，約束，操縱　名 管理，支配，抑制，核對，控制

That machine is automatically controlled.
那部機器是自動控制的。

☐ **convention**
[kən'vɛnʃən]

名 集會，會議，會議代表，條約，契約，慣例

The various societies all agreed to sign the convention.
各個協會都同意簽署這個條約。

☐ **conversation**
[ˌkɑnvɚ'seʃən]

名 會話，談話，非正式會談，社交

She spends a lot of time in conversation with her friends.
她花很多時間跟朋友談天。

☐ **cook**
[kʊk]

動 烹調，煮，燒　名 廚子，炊事員

My sister is going to cook all day after two days.
我姐姐後天將下廚一整天。

單字、音標	詞性、中文解釋、同義字、相關字、例句
☑ **cool** [kul]	勔 變涼快，使鎮靜　勔 涼的，涼爽的，冷靜的，冷淡的，無禮的　图 涼，涼爽，平靜，鎮靜 Charles gradually cooled on that project. 查理對那項計劃逐漸冷淡下來。
☑ **copy** ['kɑpɪ]	图 複本，謄本，摹本，部冊，拷貝，原稿 勔 抄寫，摹仿，複製 The boss asked her to make ten copies of the important document. 老闆叫她把這份重要文件拷貝十份。
☑ **corn** [kɔrn]	图 穀物，玉蜀黍，玉米 She would like to add some corn in the creamy soup. 他喜歡在奶油湯裡加一些玉米粒。
☑ **corner** ['kɔrnɚ]	图 角，隅，隱僻之處，困境，絕路，壟斷　勔 角上的，轉彎處的 That strange woman used to sit alone in the corner of the coffee shop. 那個陌生女人總是獨自一人坐在咖啡廳的角落。
☑ **correct** [kə'rɛkt]	勔 正確的，恰當的　勔 改正，校正 It is the correct thing to do. 這麼做是正確的。
☑ **cost** [kɔst]	图 成本，費用，代價　勔 價值為，花費，使失去（生命，健康） The mother saved her son from the fire at the cost of her own life. 母親捨身把兒子從火中救出來。

單字、音標	詞性、中文解釋、同義字、相關字、例句
☐ **cotton** [ˈkɑtn̩]	名 棉花，棉樹，棉布　動 和諧，一致，發生好感，開始交好，理解，懂得 Cotton is the main export of your country. 棉花是你們國家的主要出口產品。
☐ **council** [ˈkaʊnsl̩]	名 會議，市（或鎮）的議會，議事，商討，委員會 Councilor Lee is in council now and won't be free for three hours. 李議員正在開會，三小時內不會有空。
☐ **count** [kaʊnt]	動 點，數，檢點，算入，認為，信為，看作，計數，算數，算得上，共計 Can you count from one to a hundred in Japanese? 你能用日語從一數到一百嗎？
☐ **country** [ˈkʌntrɪ]	名 祖國，國家，地方，全國，國民，家鄉，鄉村，土地 形 鄉下的，農村的，鄉村風味的，祖國的，故鄉的 It was a strange country to me. 這個國家對我來說是陌生的。
☐ **county** [ˈkaʊntɪ]	名 郡，縣 Taiwan includes 16 counties. 台灣包括十六個縣。
☐ **couple** [ˈkʌpl̩]	名（一）對，（一）雙，夫婦，幾個，兩三個　動 連接，結合，使成夫婦，結合，結婚，成對地出現 I found a couple of shoes in the room but they didn't make a pair. 我在房間裡找到兩隻鞋子，但不成雙。

單字、音標	詞性、中文解釋、同義字、相關字、例句
☑ **courage** [ˈkɝɪdʒ]	名 勇氣，膽量，英勇 I haven't the courage to destroy the house. 我沒有勇氣毀掉那間房屋。
☑ **course** [kors]	名 過程，方向，方針，做法，所經之路，課程，一道菜，道路，路線　副 當然，自然　動 追逐，追，使（馬等）跑，使（獵狗）追獵，越過，跑過 During the course of the flight we'll be serving breads and drinks. 在飛行途中，我們將供應麵包和飲料。
☑ **court** [kort]	名 庭院，（球）場，朝廷，朝臣，法院，法官，求愛，殷勤　動 招致（失敗，危險等），企求，引誘，吸引，討好，奉承，求愛　形 courteous 有禮貌的，謙恭的，殷勤的 Court is now adjourned. 現在休庭了。
☑ **cousin** [ˈkʌzn̩]	名 堂（表）兄弟、姊妹，遠親，（在地位等方面）同等的人 Susan is Joyce's cousin. 蘇珊是喬依斯的表姐。
☑ **cover** [ˈkʌvɚ]	動 蓋，鋪，覆蓋，掩蓋，遮蓋，掩護，包括，負擔，支付，行過（路程）　名 蓋子，套子，（書的）封面，封底，床罩，掩護（物），掩蔽處　形 covered 有蓋的，蓋（滿）著的，有掩蔽的，隱蔽的，戴帽子的 Snow covered the road. 大雪覆蓋了道路。
☑ **cow** [kaʊ]	名 母牛，乳牛，母獸（象、鯨等），牛奶，牛油 動 嚇唬，威脅 Richard gets up early to milk the cows every morning. 理查每天早上一大早起來擠牛奶。

單字、音標	詞性、中文解釋、同義字、相關字、例句
☑ **cream** [krim]	名 乳酪，乳脂，精華，奶油 Generally speaking, children like eating chocolate creams. 一般來說，小孩喜歡吃巧克力奶糖。
☑ **create** [krɪ'et]	動 創造，建立，製造，致使，封爵，引起 They have created a grandiose new building from out of an old ruin. 他們把破屋建成一幢宏偉的新大樓。
☑ **credit** ['krɛdɪt]	名 信託，信任，信用，存款，貸方，名譽，光榮，學分 動 相信，把…記入貸方，把…歸於，認為…有 Does your sister give credit to what Roger said? 你妹妹相信羅傑講的話嗎？
☑ **crime** [kraɪm]	名 罪，罪行，犯罪，罪惡，憾事，羞恥事 Such reckless spending is a high crime. 如此揮霍是一種重大罪惡。
☑ **crop** [krɑp]	名 一熟，一次收穫（量），收成，一批，一群 動 收成，收穫，吃草，修剪，剪去 Rice is the main crop of Taiwan. 稻米是台灣地區的主要農作物。
☑ **cross** [krɔs]	動 越過，穿過，渡過，把…運過，遇到，錯過，騎，橫穿，交叉，相交　形 交叉的，橫穿過的　名 十字形，十字形記號，十字形東西 This idea has just crossed his mind. 這個主意是他剛才想到的。

64

單字、音標	詞性、中文解釋、同義字、相關字、例句
☐ **crowd** [kraʊd]	動 聚集，擠進，湧上前，擠滿，塞滿，堆滿　名 群眾，民眾，許多，一伙人，一堆 Five thousand shoppers crowded the stores. 五千個購物的人擠滿了商店。
☐ **crown** [kraʊn]	名 花冠，榮譽，王冠，冠冕，頂部，拱頂，頂峰 The Fuji mountain is always crowned with snow in winter. 富士山的山頂在冬天總是積滿雪。
☐ **cruel** ['kruəl]	形 殘忍的，殘酷的，令人痛苦的，有心讓別人痛苦的 Lions are cruel by nature. 獅子生性殘暴。
☐ **cry** [kraɪ]	動 呼，喊，哭，流淚　名 叫喊，喊聲，叫聲，哭泣，要求，呼籲 When Judy heard the news she cried for joy. 當茱蒂聽到這個消息時，高興得流下眼淚。
☐ **cup** [kʌp]	名 杯子，（一）杯，獎杯，酒，飲酒，經歷，遭遇 My mother usually has a cup of warm milk before sleeping. 我媽媽通常會在睡前喝一杯熱牛奶。
☐ **curious** ['kjʊrɪəs]	形 好奇的，奇特的，精細的，稀奇古怪的，難以理解的 名 curiosity 好奇（心），奇品，珍品，古玩，奇特性 Don't be curious about things she is not supposed to do. 對於她不被允許做的事，你不要感到好奇。

單字、音標	詞性、中文解釋、同義字、相關字、例句
☐ **curtain** [ˈkɜtn̩]	图簾，窗簾，門簾，幕，啟幕，落幕　動（用簾子）遮掉，隔開 (off) The curtain has come down on the third Act. 第三幕已結束。
☐ **custom** [ˈkʌstəm]	图習慣，風俗，慣例，海關，關稅，顧客，惠顧　形訂製的，訂做的 It is my custom to go for a picnic on Sunday. 我習慣在星期天出去野餐。
☐ **cut** [kʌt]	動切割，剪，截，砍，削，刺穿，刺痛　图切，割，剪，砍，削，擊，抽 The icy wind cut me to the bone. 我感覺寒風刺骨。
☐ **daily** [ˈdelɪ]	形每日的，一天的　图日報　副每日地，天天 Amy gets a daily wage. 艾咪拿日薪。

☐ **dance** [dæns]	動跳舞，舞蹈，手舞足蹈，（旗）飄揚，（樹枝）搖晃　图跳舞，舞蹈，舞會，舞曲 She danced the TANGO with her boyfriend. 她和男朋友跳探戈。
☐ **dangerous** [ˈdendʒərəs]	形危險的　图 danger 危險 It's dangerous to drive fast in town. 在都市裡快速行駛是很危險的。

單字、音標	詞性、中文解釋、同義字、相關字、例句
☐ **dare** [dɛr]	動 敢，竟敢，敢於面對，敢於承擔（風險） 形 大膽的，勇敢的，魯莽的　名 大膽，果敢行為，挑戰，激將 They will dare any hardship and danger. 他們敢於承擔任何艱險。
☐ **dark** [dɑrk]	形 黑暗的，暗的，黑色的，隱秘的，壞的，邪惡的　名 黑暗，暗處，黃昏，暗色，模糊，隱秘，無知 It's his duty to expose the dark side of the society. 揭露社會的黑暗面是他的職責。
☐ **dash** [dæʃ]	動 擲，猛撞，澆，摻雜，匆忙完成，使（計劃，希望）落空　名 撞擊，潑濺，注入，炫耀，虛飾，打擊，挫折，短跑，猛衝 The ship was dashed against the rocks. 船觸礁了。
☐ **date** [det]	動（註明）…的日期，確定…的年代，和…約會 名 日期，日子，年代，時期，約會，棗子 Mary began dating boys when she was nineteen. 瑪麗十九歲時就開始和男生約會了。
☐ **daughter** ['dɔtɚ]	名 女兒，婦女 That pretty little girl is her daughter. 那個漂亮的小女孩是她的女兒。
☐ **dawn** [dɔn]	名 黎明，破曉，開端　動 破曉，（時代局面）開始出現，漸露端倪 They work very hard from dawn till dark. 他們從早到晚努力工作。

單字、音標	詞性、中文解釋、同義字、相關字、例句
☑ **day** [de]	名 白晝，白天，黎明，天，日，日子，時代，壽命 Tom works days and goes to school nights. 湯姆白天工作，晚上上學。
☑ **dead** [dɛd]	形 死的，無生命的，麻木的，全然的 名 死者，最冷的時刻，最寂靜的時刻 Eric has been dead for two years. 艾瑞克已死了二年了。
☑ **deal** [dil]	動 分配，給予，做買賣，對付，論述，討論，涉及 (with) 名 買賣，交易，協議，待遇，松木板 Deal with a man as he deals with you. 以其人之道，還治其人之身。
☑ **dear** [dɪr]	形 親愛的，可愛的，被愛的，可貴的，熱切的 名 親愛的人，可愛的人 Mr. Smith is very dear to him. 史密斯先生對他很親切。
☑ **death** [dɛθ]	名 死亡，消滅，謀殺，結束 This insecticide is the death of locusts. 這種殺蟲劑能殺死蝗蟲。
☑ **debt** [dɛt]	名 債，債務，欠款 Peter was ten thousand dollars in debt. 彼得負債一萬元。

單字、音標	詞性、中文解釋、同義字、相關字、例句
☐ **decide** [dɪˈsaɪd]	動 決定，決意，解決，判決，裁決，決定，下決心，判定 It has been decided that the game shall be postponed. 比賽已決定延期舉行。
☐ **deck** [dɛk]	名 甲板，艙面，橋面，層面　動 給（船）裝甲板，裝飾，打扮 Helen walked out of the cabin to the deck for some fresh sea air. 海倫走出船艙，到甲板上呼吸一下新鮮的海風。
☐ **declare** [dɪˈklɛr]	動 宣布，宣告，聲明，斷言，宣稱，申報 John declared that the story was true. 約翰斷言那個故事是真實的。
☐ **decline** [dɪˈklaɪn]	動 下降，下垂，偏斜，衰退，衰落，將近結束，拒絕，謝絕 名 下降，下傾，下垂，衰退，最後部分，斜面 In summer the prices of fruits are declining. 在夏季水果的價格開始下降了。
☐ **deed** [did]	名 行為，行動，實際，功績，事蹟 He is an honorable boy in word and in deed. 他是個言行都令人欽佩的男孩。
☐ **deep** [dip]	副 深深地　形 深的，深處的，（聲音）深沉的，（顏色）深濃的 Betty always works deep into the night. 貝蒂總是工作到深夜。

單字、音標	詞性、中文解釋、同義字、相關字、例句
☐ **defeat** [dɪˈfit]	動 戰勝，擊敗，使（希望、計劃等）失敗，挫折 名 戰勝，擊敗，戰敗，失敗，挫折 It was lack of money, not of effort, that defeated our project. 我們的計劃受挫，原因是缺少錢而不是沒有盡力。
☐ **defend** [dɪˈfɛnd]	動 防守，保衛，為…辯護，為…答辯 The soldiers defend their country against enemies. 軍人抵禦敵人，保衛國家。
☐ **degree** [dɪˈgri]	名 等級，度數，程度，地位，身份，學位，頭銜 Mary is not in the slightest degree injured. 瑪麗一點也沒受傷。
☐ **delay** [dɪˈle]	動 耽擱，延誤，推遲　名 耽擱，延誤，延遲 They decided to delay their vacation until next week. 他們決定把休假延到下星期。
☐ **delightful** [dɪˈlaɪtfəl]	形 樂觀的，愉快的，討人喜歡的，可愛的 They are going to picnic in the delightful weather. 他們準備在這愉快的天氣裡去野餐。
☐ **deliver** [dɪˈlɪvɚ]	動 放，釋放，解救，交付，移交，引渡，投遞，傳送 He can deliver the letter to your door. 他可以把信送到你家。

單字、音標	詞性、中文解釋、同義字、相關字、例句

☑ **demand**
[dɪ'mænd]

動 要求，詢問，查詢，需要　**名** 要求，需要，需求（量）

This work demands care and patience.
這工作需要細心和耐心。

☑ **democratic**
[,dɛmə'krætɪk]

形 民主主義的，民主政體的

All the families need democratic consultation to settle the household affairs.
所有的家庭都需要用民主協商來解決家庭事務。

☑ **deny**
[dɪ'naɪ]

動 否認，否定，拒絕相信，克制，拒絕

There is no denying the fact that the earth revolves on its axis.
地球自轉是不可否認的事實。

☑ **depart**
[dɪ'pɑrt]

動 離去，出發，放棄，死

The bus departs at 8:40 A.M.
公車上午八點四十分開出。

☑ **depend**
[dɪ'pɛnd]

動 信賴，依靠，視…而定，無法決定，懸宕

It all depends on what they mean.
這要看他們是什麼意思。

☑ **describe**
[dɪ'skraɪb]

動 描寫，描繪，敘述，形容，把…說成，畫（圖形），製（圖）

Words cannot describe my sorrow.
言語不能形容我的悲傷。

單字、音標	詞性、中文解釋、同義字、相關字、例句
☑ **desert** [dɪ'zɜt]	動 背棄，拋棄　　形 ['dɛzət] 沙漠的，荒蕪的 名 ['dɛzət] 沙漠，不毛之地，枯燥無味的事物 Doris presence of mind never deserted her. 朵麗斯從不會失去鎮靜。
☑ **design** [dɪ'zaɪn]	動 作圖案，設計，計劃　　名 圖案設計，計劃，企圖 Was that designed, or did it just happen? 那是預先計劃的，還是偶然發生的？
☑ **desire** [dɪ'zaɪr]	動 想要，意欲，願望，要求，請求　　名 願望，心願，欲望，要求，請求 Mary desired a quick answer from me to her application. 瑪麗要求我趕快回答她的請求。
☑ **destroy** [dɪ'strɔɪ]	動 破壞，摧毀，毀壞，打破（希望，計劃），使失敗，消滅，除滅，殲滅　　同 devastate 破壞 Go all out and destroy the enemy intruders. 全力以赴，消滅入侵的敵人。
☑ **detail** ['ditel]	名 細節，詳情，詳細，零件，枝節　　動 [dɪ'tel] 詳述，細說 They will hold a meeting to discuss the details of a plan. 他們要開會討論計劃的細節。
☑ **determined** [dɪ'tɜmɪnd]	形 決然的，下定決心（做…）的　　動 determine 決定，決心，確定，測定，限定 My sister is determined to work harder. 我妹妹決心要更努力工作。

單字、音標	詞性、中文解釋、同義字、相關字、例句
☐ **develop** [dɪ'vɛləp]	勔 展開，發展，發揚，開發，使成長，使發達，生長，發育，產生 Rains and suns develop the plants. 雨水和陽光促使植物生長。
☐ **devil** ['dɛvl̩]	名 魔鬼，惡魔，惡棍，惡獸，猛獸　勔 折磨，嘲弄，激怒 Tony is a greedy devil wellk-nown all over the city. 東尼是全城有名的貪心鬼。
☐ **devote** [dɪ'vot]	勔 奉獻，專心從事 John devotes his every effort to finding the settlement of the problem. 約翰盡力尋找解決這個問題的方法。
☐ **dictionary** ['dɪkʃən,ɛrɪ]	名 詞典，字典 Look up this word in the dictionary. 這個詞查一查字典吧。
☐ **die** [daɪ]	勔 死，（草木）枯萎，凋謝，滅亡，變弱，平息，消失 名 骰子，戳記，鋼模，鑄模 The North Wind is blowing strong while the South Wind is dying out. 北風勁吹南風衰。
☐ **different** ['dɪfərənt]	形 不同的，差異的，個別的，異常的 Sogo department store sells many different beautiful things. 崇光百貨公司出售各種各樣美麗的東西。

單字、音標	詞性、中文解釋、同義字、相關字、例句
☑ **difficult** [ˈdɪfəˌkʌlt]	形 難的，困難的，艱難的，（人）難弄的 Nothing is difficult to a man who wills. 世上無難事，只怕有心人。
☑ **dig** [dɪg]	動 掘（土），挖（洞、溝等），採掘，發掘，探究，苦幹，苦學　名 挖掘，出土物，刺，戳，挖苦 Judy goes to the library everyday digging for a scientific data. 茱蒂每天都去圖書館搜集科學資料。
☑ **dine** [daɪn]	動 吃飯，進餐，就餐，招待…吃飯，宴請 This table usually dines eight persons. 這張餐桌通常可容納八人用餐。
☑ **dinner** [ˈdɪnɚ]	名 正餐，宴會，晚餐 It's time for dinner. 是吃飯的時候了。
☑ **direct** [dəˈrɛkt]	動 指引，指導，導演，指揮，命令　形 一直線的，直接的，直率的 We direct them to go out. 我們指示他們滾開。
☑ **disappear** [ˌdɪsəˈpɪr]	動 不見，失蹤，消失，消散 The moon disappeared behind clouds. 月亮被雲層遮住了。

單字、音標	詞性、中文解釋、同義字、相關字、例句
☐ **discover** [dɪˈskʌvɚ]	動 發現，發見，看出，暴露，顯示 Her mother discovered that she was quite careful in her work. 她媽媽發現她工作很仔細。
☐ **disease** [dɪˈziz]	名 病，疾病，不健全狀態，弊病 Most of the diseases are caused by bacteria. 大部分疾病是細菌引起的。
☐ **dish** [dɪʃ]	名 碟，盤，一道菜　動 把（食物）放在盤中，使成盤形，把…挖空，（俚）閒談 Baked apples are my favorite dish. 烤蘋果是我最喜歡吃的菜。
☐ **display** [dɪˈsple]	動 展開，陳列，展覽，顯示，表現，發揚，炫耀，誇耀 名 陳列，展覽，顯示，表現，炫耀，誇耀 There are varied candies displayed in the shop. 糖果店擺著各式各樣的糖果。
☐ **distance** [ˈdɪstəns]	名 距離，遠處，疏遠　動 超過，遠勝，使不接近 It's some distance to the bus station. 到公車站相當遠。
☐ **district** [ˈdɪstrɪkt]	名 區，管區，行政區，地區，區域 Betsy lives on the Main street of this new developed district. 貝西住在新區的緬因街。

單字、音標	詞性、中文解釋、同義字、相關字、例句
☐ **divide** [dəˈvaɪd]	動 分，劃分，分開，隔離，分配，分裂　名 分，分配，分水界，分水嶺 They divided the cake into four pieces. 他們把蛋糕切成四塊。
☐ **do** [du]	動 做，幹，盡（力），給與，製作，產生，算出 The frost did no damage to the plants. 霜凍並沒有使植物受到損害。
☐ **doctor** [ˈdɑktɚ]	名 博士，醫生，大夫，獸醫 He looks bad, he'd better see a doctor. 他臉色不好，最好去看醫生。
☐ **dog** [dɔg]	名 狗，犬科動物，壞蛋，廢物　動 尾隨，追蹤，（災難等）纏住 Dog is a good friend of human being. 狗是人類的好朋友。
☐ **dollar** [ˈdɑlɚ]	名 元，圓（美國、加拿大等的貨幣單位） Dollar is the standard of money, as used in US and Canada. 元是貨幣單位，在美國和加拿大等地使用。
☐ **doll** [dɑl]	名 玩偶，娃娃（指玩具），好看而沒頭腦的女子，姑娘，少女 Her little granddaughter is a little doll. 她的孫女是個可人兒。

單字、音標	詞性、中文解釋、同義字、相關字、例句
☑ **door** [dor]	名 門，通道，家，戶 Her kitchen has a black door. 她的廚房有扇黑色的門。
☑ **double** ['dʌbl̩]	形 兩倍的，加倍的，雙的，雙重的　名 兩倍，折疊，重疊 The production is now double what it was three years ago. 目前的產量是三年前的兩倍。
☑ **doubt** [daʊt]	動 懷疑，不信，拿不準　名 懷疑，疑惑，疑問，(pl) 疑慮 They don't doubt that I can do a good job of it. 他們並不懷疑我能把這事做得很好。
☑ **down** [daʊn]	副 向下地　形 向下的　名 下落，衰落　介 沿著…往下，往下進入，通過…往下 I'll come down in a minute. 我馬上就下來。
☑ **dozen** ['dʌzn̩]	名 (一) 打，十二個，幾十，許多 She wants three dozen of these eggs. 她要三打這種蛋。
☑ **drag** [dræg]	動 拖，拉，用拖網捉，拖曳，被拖動，吃力地　名 被拖物，大耙，雪橇，刹車，制動器 Time seemed to drag. 時間似乎過得很慢。

D

單字、音標	詞性、中文解釋、同義字、相關字、例句
☑ **draw** [drɔ]	動 拉，拖，拔（出），汲取，獲得，引來，招來，畫，草擬，制訂 名 拉，拖，吸，有吸引的事物（或人物），拔出 Adam's speech drew prolonged applause. 亞當的演講博得很長的掌聲。
☑ **dream** [drim]	名 夢，夢想，空想，理想，願望　動 做夢，夢見，夢到，空想，嚮往，渴望 Her dream of visiting Tokyo has come true. 她去東京旅行的願望實現了。
☑ **dress** [drɛs]	名 衣服，禮服，女裝，覆蓋物，外形　動 整理，修整，裝飾，敷裹（傷口），做（菜），穿衣 David doesn't care much about dress. 大衛不太注意衣著。
☑ **drink** [drɪŋk]	動 飲，喝，（植物、土壤等）吸收，喝酒，酗酒，乾杯 名 飲料，酒，喝酒，酗酒 Let's drink to Dick's health. 為狄克的健康乾杯。
☑ **drive** [draɪv]	動 驅使，迫使，駕駛，驅逐，推動，乘車　名 駕駛，驅策力，幹勁，魄力　同 ride 駕駛 The typhoon drove the ship out of the course. 颱風把船吹出了航道。
☑ **drop** [drɑp]	動 垂下，放下，暗示，投寄，滴下，落下，跌倒，終止 名 滴，(pl) 滴劑，點滴，微量，落下 When winter is coming, the temperature is dropping. 當冬天來臨時，氣溫會下降。

單字、音標	詞性、中文解釋、同義字、相關字、例句
☑ **dry** [draɪ]	形 乾的，乾燥的，乾旱的，乾枯的，乾巴巴的　動 變乾，乾涸　名 乾，乾涸，乾物，乾旱地區 The paint on that door is not yet dry, be careful! 門上的油漆還未乾，小心！
☑ **due** [du]	形 到期的，應付給的，適當的，合宜的，預期的，約定的　名 應得物，應得權益，(pl) 應付款 When is the plane due at New York? 飛機應該什麼時候抵達紐約？
☑ **duke** [duk]	名 公爵，（歐洲公國的）君主 Peter became a duke on the death of his father. 彼得在他父親去世後，就成為公爵。
☑ **during** [ˈdjʊrɪŋ]	介 在…的期間，在…的時候　名 duration 持續，持久，持續時間，期間 He came to see me during my illness. 在我生病的期間，他有來看我。
☑ **dust** [dʌst]	名 灰塵，塵土，粉末，土，葬身地，遺骸　動 把…弄成粉末，去掉灰塵，揚起塵土 The car raised dust as it drove off. 車子開走時，揚起了一陣塵土。
☑ **duty** [ˈdjutɪ]	名 責任，義務，本分，職務，尊敬，敬意，稅 It's her duty to look after the child carefully. 細心照顧小孩是她的責任。

D

☐ **each**
[itʃ]

形 各，各自的，每　代 各，各自，每個

There is a line of trees on each side of the street.
街道的兩邊各有一行樹。

☐ **ear**
[ɪr]

名 耳朵，耳狀物，聽覺，聽力，傾聽，注意，穗

It has come to our ear that this meeting was postponed.
我們聽說這次會議被延期了。

☐ **early**
[ɝlɪ]

形 早的，早熟的，及早的，早日的，早期的，早先的

He hopes for an early production of the play.
他希望這齣戲劇早日上演。

☐ **earn**
[ɝn]

動 賺得，掙得，博得，贏得，使得到

Jack's courage and presence of mind earned him the admiration of them.
傑克的勇敢和沈著贏得他們的讚揚。

☐ **earth**
[ɝθ]

名 地球，陸地，地面，地上，土，泥，塵世，人間，一切世俗之事

The earth revolves on its axis.
地球繞軸自轉。

☐ **ease**
[iz]

動 減低（嚴重性、痛苦或不適）　名 舒適，悠閒，安心，自在，容易，不費力

Take that medicine, it will ease the pain quickly.
把藥吃下去，它會很快舒緩疼痛。

單字、音標	詞性、中文解釋、同義字、相關字、例句
☑ **east** [ist]	名 東，東方，東部地區，東風　形 東方的，東部的，朝東的， 從東方來的　副 在東方，向東方 The sun rises in the east. 太陽在東方升起。
☑ **eat** [it]	動 吃，吃飯，腐蝕，侵蝕 Acid eat holes in her coat. 她的外套被酸性物質侵蝕了幾個洞。
☑ **economy** [ɪ'kɑnəmɪ]	名 經濟，節約，組織，系統，經濟實惠 They have made various little economies. 他們在許多小地方節省。
☑ **edge** [ɛdʒ]	名 邊緣，端，刀刃，邊界，優勢，優越條件 Her remark has a biting edge to it. 她的評語非常尖銳。
☑ **edit** ['ɛdɪt]	動 編輯，校訂，剪輯（影片，錄音帶）名 editorial 社論 Mary now is editing a Shakespeare play. 瑪麗現在正在編輯一本莎士比亞劇本。
☑ **educate** ['ɛdʒə,ket]	動 教育，訓練，培養，使受學校教育 Peter was educated at a technical college. 彼得在技術學院受過教育。

E

Chapter 5　E

單字、音標	詞性、中文解釋、同義字、相關字、例句
☐ **effort** [ˈɛfɚt]	名 努力，奮力，艱難的嘗試，成就 You should spare no effort to complete that job early. 你們應不遺餘力地早日完成那項工作。
☐ **effect** [ɪˈfɛkt]	名 結果，效果，影響，作用，要旨，意義，實行 動 產生，招致，實現，達到（目的等） That painting gives us a three-dimensional effect. 那張畫給我們一種立體感。
☐ **egg** [ɛg]	名（鳥）蛋，雞蛋，蛋形物，人，傢伙 The hen lays brown eggs. 這隻母雞下棕色的蛋。
☐ **eight** [et]	名 八，八個，八歲，八點鐘，八號的衣服 Eight plus five equals thirteen. 八加五等於十三。
☐ **either** [ˈiðɚ]	代 任何一個　形 任一的，每一方的　副 也，而且，根本 連 或者 Either of us will agree to that arrangement. 我們兩人都會同意那樣的安排。
☐ **elect** [ɪˈlɛkt]	動 選舉，推選，選舉，決定　形 選定的，選中的 Alan has elected to become a teacher. 亞倫決定當教師。

單字、音標	詞性、中文解釋、同義字、相關字、例句
☑ **electric** [ɪˈlɛktrɪk]	形 電的，導電的，發電的，用電的，電動的，令人震驚的 We have an electric generator which uses oil and makes all the electricity for the farm. 我們有一部用油的發電機，供應農場所需電力。
☑ **element** [ˈɛləmənt]	名 要素，成分，分子，自然力，自然環境，原理 Honesty is an important element in the character of a salesman. 誠實的品格是當銷售員的重要條件。
☑ **elephant** [ˈɛləfənt]	名 象 Elephant has two long curved teeth and a long nose. 大象有兩根又長又彎的牙齒和一條長鼻。
☑ **eleven** [ɪˈlɛvən]	名 十一，十一人球隊（如足球或板球）形 十一的 James is eleven. 詹姆士是足球隊的一員。
☑ **else** [ɛls]	形 其他的，別的　副 另外，其他，否則，要不然 Is there anything else I can do for you? 我還能為你做些什麼事嗎？
☑ **empire** [ˈɛmpaɪr]	名 帝國，帝權，絕對統治 In 1852, the Second Empire was established in France. 1852年，法國建立了第二帝國。

單字、音標	詞性、中文解釋、同義字、相關字、例句
☑ **employ** [ɪmˈplɔɪ]	動 用，使用，僱用，使忙於，使從事於　名 使用，僱用，職業 The foreign firm employs about 250 people. 這家外國公司僱用了約二百五十個人。
☑ **empty** [ˈɛmptɪ]	動 使空，變空　形 空的，空洞的，無聊的，無意義的 No garbage is to be emptied on the side of streets. 垃圾不許倒在路旁。
☑ **end** [ɛnd]	名 末端，盡頭，梢，結束，終止，死亡，下場，結果 動 完結，結束，終止，死 There is no end to progress. 進步永無止境。
☑ **enemy** [ˈɛnəmɪ]	名 敵人，仇敵，仇人，敵軍，敵國，敵機，大敵，大害 Thousands of enemies were captured. 敵兵有幾千人被俘。
☑ **engage** [ɪnˈgedʒ]	動 約束，約定，保證，僱用，應允，從事於，參加，交戰 Mary tried to engage them in conversation, but in vain. 瑪麗設法讓他們跟她談話，但沒成功。
☑ **engine** [ˈɛndʒən]	名 引擎，發動機，機車，火車頭，機械，工具，器械 The engine is needed to drive a car. 要有引擎車子才能動。

單字、音標	詞性、中文解釋、同義字、相關字、例句
☐ **English** [ˈɪŋglɪʃ]	名 英語，英吉利人，英國人　形 英國的，英國人的，英語的 We can speak good English. 我們能說一口流利的英文。
☐ **enjoy** [ɪnˈdʒɔɪ]	動 享受，享有，享受…的樂趣，欣賞，喜愛 My grandfather has always enjoyed very good health. 我的祖父身體一向都很健康。
☐ **enough** [əˈnʌf]	名 足夠，充足　形 足夠的，充分的 Enough has been said on that problem. 關於那個問題已說得夠多了。
☐ **enter** [ˈɛntɚ]	動 進入，加入，參加，註明，登記，開始從事 Tony entered his name for the painting contest. 東尼報名參加畫畫比賽。
☐ **entire** [ɪnˈtaɪr]	形 整個的，全部的，完全的，完整的，純綷的 名 全部，整體 Henry wrote the entire novel in only two months. 亨利只花了二個月的時間寫整部小說。
☐ **equal** [ˈikwəl]	形 同樣的，一致的　動 等於，比得上，敵得過 Owen speaks English and Japanese with equal ease. 歐恩講英語和日文同樣流利。

Chapter 5　E

單字、音標	詞性、中文解釋、同義字、相關字、例句
☐ **escape** [ə'skep]	動 逃脫，逃走，逸出，漏出，溜走，逃避，免受 名 脫逃，逃，逃脫之方法，漏水，漏氣 Grace escaped from marriage to a small boy. 葛瑞絲因不想跟一個小男生結婚而逃走了。
☐ **establish** [ə'stæblɪʃ]	動 建立，確立，認可，證實，執業，開業 名 建立，設立，確立，確定，創辦，開設 They established themselves in the new houses a month ago. 他們在一個月前住進了新家。
☐ **Europe** ['jʊrəp]	名 歐洲 Mary was born in Europe. 瑪麗在歐洲出生。
☐ **even** ['ivən]	形 平的，同高的，一致的，公正的　副 甚至(…也)，連(…都)，甚至(比…)更，還 The storm laid the trees even with the ground. 暴風雨把樹木颳倒在地。
☐ **evening** ['ivnɪŋ]	名 晚間，夕，暮，晚會，後期，末期 They will hold a party on Sunday evening. 他們要在週日晚上辦個派對。
☐ **event** [ɪ'vɛnt]	名 發生的事，事件，結果，活動，經歷 The book was the cultural event of the last year. 這本書的出版是去年文化界的大事。

單字、音標	詞性、中文解釋、同義字、相關字、例句
☑ **ever** [ˈɛvɚ]	副 曾經，無論何時，究竟，到底，永遠，如果，要是 Tony is ever repeating the same old story. 東尼總是老調重彈。
☑ **every** [ˈɛvrɪ]	形 每，每一，所有的，最大可能的，每隔…的，一切的，全部的 Thomas was given every chance to try the job. 湯瑪斯得到所有的機會去試做這件事。
☑ **evidence** [ˈɛvədəns]	名 證明，證據，跡象，明白，根據　動 使明顯，證明 When the police arrived they had already destroyed the evidence that showed they were guilty. 當警察到達時，他們已銷毀罪證。
☑ **evil** [ˈivl̩]	形 壞的，邪惡的，罪惡的，有害的，不幸的，不吉的，可厭的 He is a man of evil fame. 他是個聲名狼籍的人。
☑ **examine** [ɪgˈzæmɪn]	動 檢查，審問，考試，調查 He must examine to what extent the proposal is workable. 他應該仔細考慮這個建議可行的程度如何。
☑ **example** [ɪgˈzæmpl̩]	名 例，實例，例題，範例，樣本，模範，榜樣 動 （常用被動語態）代表（著），作為…的示範 That building is an example of early France architecture. 那座建築物是法國早期建築的代表。

單字、音標	詞性、中文解釋、同義字、相關字、例句
☑ **excellent** [ˈɛksḷənt]	形 最優的，特優的，卓越的，極好的 Her performance of last night was excellent. 她昨晚的表演很精彩。
☑ **except** [ɪkˈsɛpt]	介 除…之外　連 除非，只是，要不是 Her account is correct except that a detail is omitted. 除了有一個細節未提到之外，她的敘述是正確的。
☑ **exchange** [ɪksˈtʃendʒ]	動 交換，調換，互換，交流，兌換，把…換成　名 交換，互換，交流，交易，調換，兌換，交易所，電話局 Mary exchanged the red dress for a pink one. 瑪麗把那件紅色衣服換成了粉紅色的。
☑ **excite** [ɪkˈsaɪt]	動 刺激，激發，喚起，引起，興奮，激動 The story excited the lovely girl very much. 這個故事使這可愛的小女孩非常興奮。
☑ **exclaim** [ɪkˈsklem]	動 呼喊，驚叫，大聲說 Jack exclaimed how late it was. 傑克驚叫時間怎麼這麼晚了。
☑ **excuse** [ɪkˈskjuz]	動 原諒，為…辯解，成為…的理由，給…免去 名 原諒，饒恕，(pl) 歉意，道歉，藉口，辯解，理由 Peter hopes they can excuse him if he has to leave early. 如果彼得得提早離開的話，彼得希望他們能諒解他。

單字、音標	詞性、中文解釋、同義字、相關字、例句
☑ **exercise** [ˈɛksəˌsaɪz]	名 行使，運用，實行，履行，訓練，鍛鍊，練習，習題，功課 動 實行，行使，履行，運用，施加，訓練，鍛鍊 If Judy doesn't take more exercise she'll get fat. 茱蒂如果不多做運動，她會發胖。
☑ **exist** [ɪgˈzɪst]	動 存在，生存，生活，繼續存在 One cannot exist without air. 人沒有空氣就不能生存。
☑ **expect** [ɪkˈspɛkt]	動 期待，預期，盼望，期望，仰望，要求，料想，認為 He had not expected that things should turn out like that. 他沒料到事情的結果竟是那樣。
☑ **expense** [ɪkˈspɛns]	名 費用，代價，消費，損失，(pl) 所需的費用，津貼 A car can be a great expense. 買一輛汽車可能要花很多錢。
☑ **experience** [ɪkˈspɪrɪəns]	名 經驗，體驗，經歷，閱歷 形 experienced 有經驗的，經驗豐富的，老練的 動 經歷，遭受，感受 The captain has an experience of ten years at sea. 這位船長有十年的航海經驗。
☑ **experiment** [ɪkˈspɛrəmənt]	名 實驗，試驗 動 進行實驗（或試驗） They will make an experiment in physics today. 他們今天要做物理實驗。

單字、音標	詞性、中文解釋、同義字、相關字、例句

☐ **explain**
[ɪk'splen]

動 解釋，說明，闡明，為…辯解，說明…的理由 （或原因）

They explained why they were late.
他們說明了遲到的原因。

☐ **express**
[ɪk'sprɛs]

動 表達，表示，表白，把…作快遞郵件寄，榨　形 明確的，特殊的，特快的　名 快遞郵件，快運，快車　副 乘快車，以快遞方式

No words can express the beauty of the Sun Moon Lake.
日月潭的美無法用語言形容。

☐ **extend**
[ɪk'stɛnd]

動 伸，伸出，拉開，延長，延伸，伸展，擴大，延續

She fell asleep with her body extended on the bed.
她伸展著身子躺在床上睡著了。

☐ **eye**
[aɪ]

名 眼睛，眼圈，眼光，視力，觀察力，看，注意
動 看，注視

He saw the traffic incident with his own eyes yesterday.
他昨天親眼目睹了這場車禍。

Chapter 6 **F**　　　　　　　　　　　　　　 MP3-7

☐ **face**
[fes]

名 臉，面孔，表情，面子，局面，正面，票面　動 面對，朝…，（面）向…，正視，蔑視，對付，面臨

After all her failures, the win saved her face for her.
經過以往的失敗後，這次的勝利挽回了她的面子。

☐ **fact**
[fækt]

名 事實，實際，實情，真相，（犯罪）行為，證據

That report is based completely on facts.
那篇報告是完全根據實際情況寫成的。

單字、音標	詞性、中文解釋、同義字、相關字、例句
☐ **factory** [ˈfæktərɪ]	名 工廠，駐外代理商 With years of hard work, Jack has his own factory finally. 經過多年的努力奮鬥，傑克終於有了自己的工廠。
☐ **fail** [fel]	名(考試)不及格，不及格者　動失敗，不及格，不，不能，忘記，缺乏，不足，衰退，減弱，消失 One of the car's engines failed. 這輛汽車的一個引擎無法發動。
☐ **faint** [fent]	形虛弱的，懦弱的，不明顯的，不清楚的　名昏厥動昏厥，暈倒，變得沒氣力，變得微弱 She hasn't the faintest idea of what they mean. 她一點也不懂他們的意思。
☐ **fair** [fɛr]	形相當不錯的，美麗的，(臉色)白皙的，(頭髮)金色的，晴朗的，公平的　名美，美人，美好的事物，定期集市，商品展覽會　副公正地，公平地，正面地，清楚地，直接地 Tony has a fair knowledge of France. 東尼對法國有相當的了解。
☐ **faith** [feθ]	名信任，信念，信仰，信條，信義，誠意，保證，諾言 She will not steal your money, I have faith in her. 她不會偷你的錢，我對她有信心。
☐ **fall** [fɔl]	動落下，跌下，下降，倒下，垂下，推翻，死亡，臨，來到，減弱　名落下，跌落，跌倒，下垂，下降，秋季，(pl)瀑布，衰落，滅亡 The storm fell towards today. 今天暴風雨減弱了。

F

單字、音標	詞性、中文解釋、同義字、相關字、例句
☐ **false** [fɔls]	形 假的,虛偽的,不真實的,謬誤的,無意義的,偽造的,人工的　副 欺詐地 My father needs a set of false teeth. 我的父親需要一副假牙。
☐ **fame** [fem]	動（常用被動語態）使聞名,使有名望,盛傳,稱道　名 名聲,聲望 Keelung is famed for its scenic spots. 基隆以風景優美聞名。
☐ **familiar** [fə'mɪljɚ]	形 熟悉的,通曉的,親近的,無拘束的,隨便的,冒昧的　名 熟友,伴侶,常客 Just now she heard a familiar voice calling her. 剛才她聽見一個熟悉的聲音在叫她。
☐ **family** ['fæməlɪ]	名 家,家屬,家庭,子女,氏族,家族,僚屬,門第,名門　形 家庭的,家族的 He has a large family. 他有一個大家庭。
☐ **fancy** ['fænsɪ]	形 精緻的,華麗的　名 幻想,想像（力）,愛好,喜歡,鑑賞力,審美觀點　動 想像,設想,相信,喜愛,愛好,幻想 The little girl loves her fancy dress. 小女孩非常喜歡她的造型服飾。
☐ **far** [fɑr]	副 遠,遙遠地,久遠地　形 遙遠的,遠方的,久遠的,遠的　名 遠處,遠方 Miss. Lin is by far the better actress. 林小姐是一個極為出色的女演員。

單字、音標	詞性、中文解釋、同義字、相關字、例句
☑ **fare** [fɛr]	勔 過活，遭遇，進展，吃，進食　名 車費，船費，乘客，伙食 Peter thinks he fared quite well in the examination. 彼得想他考得還不錯。
☑ **farm** [fɑrm]	名 農場，農莊，飼養物　勔 耕田，耕種，在…上經營農場，經營農場，從事畜牧 We usually spend our vacation on my aunt's farm. 我們通常去姑媽的農場度假。
☑ **fashion** ['fæʃən]	名 樣子，式樣，風尚，風氣　勔 形成，製作，把…塑造成，使適合，使適應，改變，改革 Fashion has changed since she was a girl. 現在的時尚跟她是小女孩的時候截然不同了。
☑ **fast** [fæst]	形 緊的，忠實的，可靠的，快的，短暫的　名 禁食，齋戒，絕食，節食，禁食，禁食期　勔 緊緊地，牢固地，快地，放蕩地　勔 禁食，齋戒，絕食 His watch is ten minutes fast. 他的錶快十分鐘。
☑ **fat** [fæt]	勔 養肥，在…中加入脂肪，長肥　形 肥胖的，肥大的，豐滿的，飽滿的，多油的，肥沃的，厚的，豐富的　名 肥肉，脂肪，油脂，肥胖 Tony is getting fat. 東尼一直在發胖。
☑ **fate** [fet]	名 命運，毀滅，災難，死亡，結局　勔 命定，注定 She expected to become an actor when she grew up, but fate decided for her to become a writer. 她希望長大後當一名演員，但命運卻安排她成為一名作家。

單字、音標	詞性、中文解釋、同義字、相關字、例句
☑ **father** ['faðɚ]	名 父親，岳父，公公，(pl) 祖先，長輩，創始人，發明者，神父　動 當…的父親，承認自己為…的父親，創作，發明，培養 He is the Father of English poetry. 他是英國詩歌之父。
☑ **fault** [fɔlt]	名 缺點，毛病，錯誤，責任，過失　動 找…的缺點，挑剔，責備，弄錯，出錯 This fault lies with him, not with you. 這是他的責任，不是你的責任。
☑ **favor** ['fevɚ]	動 喜愛，寵愛，支持，賜與，給與，有利於，偏愛，像 名 好感，喜愛，歡心，寵愛，偏愛，贊成，恩惠，紀念品 A father should not favor any of his children. 父親不應偏愛他的任何子女。
☑ **favorite** ['fevərɪt]	名 特別喜愛的人（或物），受寵的人，親信，心腹 形 特別喜愛的 Dogs are her favorite among the animals. 動物中她最喜歡狗。
☑ **fear** [fɪr]	名 懼怕，害怕，畏懼，為…擔心，敬畏　動 害怕，感到疑慮，恐怕，擔心，擔憂 There is no fear of her losing her way. 不用擔心她會迷路。
☑ **feature** ['fitʃɚ]	動 是…的特色，特寫，特載，描繪…的特徵 名 (pl) 面貌，相貌，特徵，特色，特寫，特輯 Round-the-clock service features that shop. 24 小時服務是那家商店的特色。

單字、音標	詞性、中文解釋、同義字、相關字、例句
☐ **feed** [fid]	動 飼育，餵養，用（食物）餵，向…供給，加進（原料），滿足（慾望）　名 一餐，一頓，餵食，進食，飼料，牧草 The patients cannot feed themselves yet. 病人們還不能自己進食。
☐ **feel** [fil]	動 摸，觸，試探，感受，覺得，認為　形 富於感情的，衷心地　名 觸覺，感覺，（事物給人的）感受 The light is out, he has to feel about in the dark. 燈熄了，他只好在黑暗中摸索。
☐ **fellow** ['fɛlo]	名 人，同伴，同事，同伙，對手，傢伙，小伙子 形 同伴的，同事的，同類的 Mary's scores pass all of her fellows and she wins the championship. 瑪麗的得分超過所有對手，她贏得了冠軍。
☐ **fence** [fɛns]	動（築柵）防護，保衛，（用柵欄）攔開，隔開 名 柵欄，圍欄，籬笆，雄辯，辭令 The farm is fenced in elms. 農場周圍榆樹成籬。
☐ **few** [fju]	形 少數的，不多的，很少的，幾乎沒有的，少數，幾個 名(pl) 很少數，幾乎沒有，少數，幾個，少數人 Few of their friends were there. 他們的朋友中幾乎沒有人在那裡。
☐ **field** [fild]	形 田間的，野生的　名 田地，原野，曠野，戰場，戰鬥，戰役，運動場 His father is a lawyer famous in his own field. 他父親是法律界出名的律師。

單字、音標	詞性、中文解釋、同義字、相關字、例句
☑ **fight** [faɪt]	動 與…打仗，與…戰鬥，與…鬥爭，打（仗），進行鬥爭，搏鬥，打架，奮鬥　名 戰鬥，搏鬥，鬥爭，戰鬥力，拳擊賽，爭吵 They are fighting over who is to marry Judy. 他們為了誰娶茱蒂在打架。
☑ **figure** [ˈfɪgjɚ]	動 描繪，塑造，想像，計算，相信，估計，揣測，表示，象徵，計算，考慮　名 數字，價格，外形，體形，圖形，圖案，畫像，形象，人物，身份，地位 I figure Peter won't come to meet me at the airport today. 我猜測彼得今天不會來機場接我。
☑ **fill** [fɪl]	動 裝滿，盛滿，充滿，占滿，坐滿，填塞，擔任，滿足　名 飽，滿足，充分，裝填物 All the streets were filled with rejoicing people yesterday. 昨天所有街道都擠滿了歡樂的人們。
☑ **final** [ˈfaɪnl]	形 最後的，最終的，決定性的　名 (pl) 期終考試，決賽 After they finished the final bottle of wine, they couldn't move any longer. 他們喝完最後一瓶酒後，已醉得不能動彈了。
☑ **find** [faɪnd]	動 找到，發現，發覺，感到，找出，查明，裁決　名 發現，發現物，被發覺有驚人能力的人 He can't find his pen. Would you please lend him one? 他找不到自己的鋼筆，你能借他一枝嗎？
☑ **fine** [faɪn]	形 美好的，優良的，優秀的，傑出的，精緻的，精鍊的，細的　名 好天氣，罰金，罰款 Fine feathers don't make fine birds. 羽毛美麗的鳥不一定是好鳥。

單字、音標	詞性、中文解釋、同義字、相關字、例句
☑ **finger** ['fɪŋgɚ]	名 手指，指狀物　動 用指觸碰，撥開，撫摸，用指彈奏 She put her finger over her lips to indicate silence. 她把手指放在嘴唇上，示意不要出聲。
☑ **finish** ['fɪnɪʃ]	動 結束，完成，完畢，使完美，消滅，殺掉，終結，停止，終止　名 結束，最後階段，完美 She finished the cake in just a few bites. 她幾口就把蛋糕吃完了。
☑ **fire** [faɪr]	名 火，火災，失火，發光（或熾熱）體，炮火，熱情 動 燒，點燃，放（槍，炮等），激起，解僱，著火，突然發怒，開火，（槍等）射擊 They sit around the fire. 他們圍著爐火而坐。
☑ **firm** [fɝm]	形 結實的，穩固的，堅定的，嚴格的　名 商號，商行 動 使牢固，使穩定，使堅實，確認（契約） He doesn't think that the desk is firm enough to stand on. 他覺得那張桌子不夠穩固，可以站在上頭。
☑ **first** [fɝst]	形 第一位的，首要的，第一流的，首先的，最初的，基本的，概要的　名 開始，開端，第一，第一名，優等生 Is it your first time to visit Los Angeles? 你是第一次來洛杉磯嗎？
☑ **fish** [fɪʃ]	名 魚，魚肉，傢伙，人物　動 捕，撈取，掏出，摸索出，捕魚，釣魚 Fish is my mother's favorite food. 魚是我母親最喜歡吃的食物。

單字、音標	詞性、中文解釋、同義字、相關字、例句
☑ **fit** [fɪt]	動 適合，符合，使（服裝）合身，使適應，使合格 形 適合的，正當的，健康的，相稱的　名 適合，合身（的衣服），（病的）發作，痙攣，（感情等的）突發 They are having new locks fitted on the door. 他們正在給門裝上新鎖。
☑ **five** [faɪv]	名 五個，五餐，五點鐘 This year is the second Five-Year Plan in the economic development. 今年是經濟發展的第二個五年計劃。
☑ **fix** [fɪks]	動 使固定，裝置，安裝，凝視，吸引，注視，確定，決定，準備，打算　名 困境，窘境 The new computers fixed their attention. 新電腦吸引了他們的注意。
☑ **flag** [flæg]	動 懸旗於…，打旗號表示，打旗號，無力地下垂，枯萎，衰退，減退　名 旗幟，國旗 She flagged me a taxi. 她為我招來一輛計程車。
☑ **flame** [flem]	動 燃燒，爆發，發光，傳送，點燃，激起，照亮　名 火焰，光輝，熱情，激情　形 flaming 燃燒的，灼熱的，火焰般的，熱情的，誇張的 The sun's flame brightened the vast expanse of snow. 太陽光照耀著一大片雪地。
☑ **flash** [flæʃ]	動 反射，使迅速傳播，（火焰）一閃，（眼光等）閃耀，（思想等）閃現　形 閃光的，一閃而過的，浮誇的　名 閃光，閃亮物，（彈藥等）突然燃燒，閃現 The good news was flashed across the city. 好消息瞬間傳遍全城。

單字、音標	詞性、中文解釋、同義字、相關字、例句
☑ **flat** [flæt]	形 平的，平坦的，扁平的，淺的，斷然的，乾脆的 副 平直地，仰臥地，斷然地，恰恰，正好 　名 平面，平坦部分，平地 The desk is not flat enough to write on. 桌子不夠平，不能在上面寫字。
☑ **flesh** [flɛʃ]	名 肉，獸肉，果肉，肉體，人性，情慾，親骨肉，人體 動 賦以血肉，長肉，長胖 The spirit is willing but the flesh is weak. 心有餘而力不足。
☑ **flight** [flaɪt]	名 飛翔，（時間的）飛逝，逃跑，撤退　動（鳥等）成群飛行，（候鳥）遷徙，射擊（飛禽） She had a pleasant flight from Taipei to Tokyo. 從台北到東京的飛行，她覺得很愉快。
☑ **float** [flot]	名 漂浮，浮標，木筏　動 漂浮，飄動，（票據）在流通中，（計劃等）付諸實行，用水注滿，淹沒 There is not enough water in the river to float a fleet. 河流裡的水域不足以容納一個艦隊。
☑ **flood** [flʌd]	動 淹沒，使泛濫，湧到，湧進，充滿，充斥　名 洪水，水災，漲潮，漲水，（流出或發出）一陣，一大批，大量 Heavy storms flooded the low lands. 大暴風雨淹沒了低地。
☑ **floor** [flor]	名 地面，地板，場地，樓層，最低額，廉價，發言權，議員席　動 在…上鋪設地板，把…打翻在地，擊敗，克服，難倒 On which floor does she live? 她住在幾樓？

單字、音標	詞性、中文解釋、同義字、相關字、例句
☐ **flour** [flaʊr]	動 撒粉於…，把…做成粉　名 麵粉，粉，粉狀物質 My sister floured the pastry board so that the mixture doesn't stick to it. 我姐姐在糕餅板上撒上麵粉，麵團才不會沾住。
☐ **flow** [flo]	動 流動，漲，湧出，來自，是…的結果，飄拂下垂，川流不息，溢過，淹沒　名 流動，流動之物，流量，流速，湧出，（潮）漲，川流不息，流暢 Buses and cars flowed along the street. 公車和汽車在街道上川流不息。
☐ **flower** ['flaʊɚ]	名 花，花卉，精華，開花，盛開　動 開花，發育，成熟，繁榮 The lilies are in flower. 百合花正在開花。
☐ **fly** [flaɪ]	動 飛，飛行，駕駛飛機，乘飛機，飄揚，飛舞，飛跑，飛奔，飛越　名 飛，飛行，飛行距離，蒼蠅 He flew a new-type of jet plane. 他駕駛一架新式噴射機。
☐ **fold** [fold]	動 摺疊，擁抱，籠罩，包圍　名 摺，摺疊，褶曲，褶痕，摺頁，羊欄，羊群 The valley folded in morning haze. 山谷籠罩在朝霧之中。
☐ **folk** [fok]	形 民族的，民間的　名 人們，家屬，親屬，民族，種族 Thomas likes folk songs more than pop songs. 湯瑪斯喜歡民族歌謠甚於流行歌曲。

100

單字、音標	詞性、中文解釋、同義字、相關字、例句
☐ **follow** [ˈfɑlo]	動 跟隨,接著,沿著…前進,聽從,追隨,注視,領會,隨著,繼踵,結果產生　名 跟隨,追隨 Follow this street until you get to the bank, then turn right. 沿著這條街走到銀行,再向右轉彎。
☐ **food** [fud]	名 食物,養料 They haven't enough food to eat this month. 他們的食物不足以過完這個月。
☐ **fool** [ful]	形 笨的,愚蠢的　名 蠢人,傻子,白癡,受愚弄的人　動 愚弄,欺騙,詐取,浪費,虛度 He is not fool enough to believe in such trash. 他還沒有笨到會去相信這種鬼話。
☐ **foot** [fʊt]	名 腳,步,腳步,步調,腳部,最下部,底部,英尺,步兵　動 走在…上,跑在…上,踏在…上,給(襪子等)換底,結算　同 walk 步行 There is a building at the foot of the mountain. 在山底下有一棟建築。
☐ **for** [fɔr]	介 為了,為,往,向,代,代替,贊成,由於,因為,當作,至於　連 因為 For all my explanations, he understands no better than before. 儘管我解釋了半天,他還是不懂。
☐ **force** [fors]	動 強制,迫使,逼,強行…,強加,推動　名 力,力量,力氣,精力,(pl) 軍隊,武力,暴力,推動力,瀑布 Don't force your ideas upon others. 不要把自己的想法強加於人。

F

Chapter 6　F

單字、音標	詞性、中文解釋、同義字、相關字、例句
☑ **foreign** [ˈfɔrɪn]	形 外國的，在外國的，外國來的，外國產的，外地的，外省的，異質的　同 alien 外國人的 Mary can speak seven kinds of foreign languages. 瑪麗可以說七種外語。
☑ **forest** [ˈfɔrɪst]	名 森林，森林地帶　動 在…植滿樹木，使成為森林 It takes them two days to drive through the forest. 他們花了二天的時間才開出這座森林。
☑ **forever** [fəˈɛvɚ]	副 永遠，常常 William promised to Grace that he would love her forever. 威廉向葛瑞絲發誓，他會愛她到永遠。
☑ **forget** [fəˈgɛt]	動 忘，忘記，輕忽，忽略 Don't forget to bring this case for him. 不要忘了把這箱子帶給他。
☑ **form** [fɔrm]	名 形狀，形態，外形，體型，形式，方式，結構，格式　動 形成，構成，塑造，(使) 組成，建立，養成，產生，排 (隊)，列 (隊) Different countries have different forms of society. 不同的國家有不同的社會制度。
☑ **former** [ˈfɔrmɚ]	形 以前的，從前的，在前的 Please tell her who is the former Prime Minister of Japan. 請告訴她，日本的前任首相是誰。

單字、音標	詞性、中文解釋、同義字、相關字、例句
☑ **forth** [forθ]	副 向前方，向前，向外，由隱而顯　介 出於，來自 She went forth into the mountain to pray. 她向前走到山裡面去祈求保佑。
☑ **fortune** ['fɔrtʃən]	名 命運，運氣，好運，財產，大筆財產 動 偶然發生 Tony had the good fortune to be free from illness all his life. 東尼運氣好，一生中從未得病。
☑ **forward** ['fɔrwɚd]	動 促進，促使（植物等）生長，發送，寄發，轉遞，轉交（信件等）　形 在前部的，向前的，進步的，急進的，過早的，熱心的，易於⋯的　副 向前，前進，將來，今後，出來，（現）出 These letters will be forwarded quickly. 這些信件將很快發送出去。
☑ **found** [faʊnd]	動 打基礎，建立，締造，創立（學說等），創辦，鑄造 When was the new tower founded? 這座新塔是什麼時候興建的？
☑ **four** [for]	名 四，四個，四歲，四點鐘 Make fours! 成四路縱隊集合！
☑ **frame** [frem]	名 骨架，體格，框架，構造，心境，心情 動 構造，組織，設計，給⋯裝框，陷害，誣陷 In a silver frame on the wall there was a photograph of her daughter. 牆上銀色的相框中，有張她女兒的相片。

F

F

103

單字、音標	詞性、中文解釋、同義字、相關字、例句
☐ **France** [fræns]	名 法國，法蘭西 Amy spent her college life in France. 艾咪的大學生活是在法國度過的。
☐ **free** [fri]	形 自由的，無約束的，空閒的，空餘的，無…的，免費的，免稅的　副 自由地，無阻礙地，免費地 動 使自由，解放，免除，解除，使擺脫 Are there any free seats in that restaurant? 那家餐館還有空位嗎？
☐ **fresh** [frɛʃ]	形 新的，新近的，新鮮的，無經驗的，清新的，鮮艷的 The atrocities of the bad man are still fresh in the memory of the local person. 當地人對壞人的暴行記憶猶新。
☐ **friend** [frɛnd]	名 朋友，友人，贊助者，支持者，助手，相識者 Roger likes to make friends with the local people wherever he travels. 羅傑不管旅行到哪兒，都喜歡與當地人做朋友。
☐ **from** [fram]	介 從，從…起，從…來，由於，出於，由，距離，以免，防止，根據，依照 Here is a letter for him from his parents. 這裡有一封他父母給的信。
☐ **front** [frʌnt]	形 前面的，（位置）在前的　名 前面，正面，前線，前額，臉，外表，態度，看法　副 向前，朝前，在前面 動 面對，對付，反對，對抗，藐視 The girl lost one of her front teeth when she rode her bicycle into the wall. 那個小女孩騎車撞到牆，撞掉一顆門牙。

104

單字、音標	詞性、中文解釋、同義字、相關字、例句
☑ fruit [frut]	名 水果，果實，結果，產物，收益，收入，報酬 What fruit is in season now? 現在有哪些當季水果？
☑ full [fʊl]	形 滿的，充滿的，充足的，豐富的，完全的，十足的，完美的　名 全部，整個 The bucket is full to the brim. 水桶滿到邊了。
☑ fun [fʌn]	名 玩笑，嬉戲，娛樂，樂趣，有趣的人（或事物） 動 開玩笑，說笑 Tony is too fond of fun. 東尼太喜歡鬧著玩了。
☑ fur [fɝ]	名 （獸類）的軟毛，毛皮，皮子，(pl) 皮衣，皮裘 動 用毛皮覆蓋，用毛皮襯裏，用毛皮鑲，使積垢 Mary was wearing a silver fox fur across her shoulders. 瑪麗的肩上披了一件銀色的狐皮衣。
☑ furnish [ˈfɝnɪʃ]	動 供應，提供，裝備，（用家具等）布置（房間、公寓） The new house is finished, but it's not yet furnished. 這個新房子已完工，但尚未布置。
☑ further [ˈfɝðɚ]	副 更遠地，再往前地，進一步地，深一層地，而且，此外 形 更遠的，較遠的，更多的，進一步的，深一層的 動 促進，推動 They would go further into that problem. 他們要進一步研究那個問題。

F

Chapter 6

F

單字、音標	詞性、中文解釋、同義字、相關字、例句

☐ **future**
['fjutʃɚ]

名 將來，未來，今後，前途，遠景　形 將來的，未來的

That young boy has a bright future before him as a singing star.
那個年輕男孩當歌星的前途十分光明。

☐ **gain**
[gen]

動 獲得，博得，使…獲得，贏得，掙得，增加（鐘、錶等）快，（經過努力）到達　名 營利，獲利，(pl) 收益，得益，利益

Mary's song gained all the audience's attention.
瑪麗的歌吸引了所有聽眾。

☐ **game**
[gem]

名 遊戲，運動，玩耍，娛樂，玩笑，比賽，運動會，得勝，贏，比分，一局　動 （打牌等）賭博
副 gamely 雄赳赳地，興致勃勃地

The teacher of the kindergarten was teaching children to play a game.
幼稚園的老師正在教孩子們玩遊戲。

☐ **garden**
['gɑrdn̩]

名 （花、菜、果）園，庭園，公園，（動、植物）園
動 從事園藝

Mary also owns a beautiful garden near where her villa is located.
瑪麗在她的別墅附近，還擁有一座漂亮花園。

☐ **gas**
[gæs]

名 氣體，瓦斯，煤氣，毒氣，汽油，空談，廢話

There are several kinds of gas in the air.
空氣中有幾種氣體。

☐ **gate**
[get]

名 圍牆門，籬笆門，大門，城門，出入口，隘口，路

They were so disappointed to find the gate of the school locked.
看見學校大門緊鎖，他們感到非常失望。

單字、音標	詞性、中文解釋、同義字、相關字、例句
☐ **gather** [ˈɡæðɚ]	動 採集，漸增，積聚，恢復，鼓足（勇氣等），推測，聚集，摘取，增加，皺起眉頭 He often goes to the library to gather information for his research project. 他常常去圖書館為他的研究計劃搜集資料。
☐ **gay** [ɡe]	形 快樂的，愉快的，輕快的，鮮明的　名 同性戀者 The gardens were gay with flowers. 花使花園顯得五彩繽紛。
☐ **gaze** [ɡez]	動 凝視，注視，盯（at, on, upon 等）　形 凝視，注視 Standing by the door, James gazed out at the golden rice in the distance. 詹姆士站在門邊，眺望著遠方金黃色的稻子。
☐ **general** [ˈdʒɛnərəl]	形 一般的，普遍的，綜合的，總的，全面的，大體的，（用於職位）總…　名 普通（或一般，普遍等）的事（或物），將軍 Can you tell us the general outline of the report? 你能不能講一下這篇報導的大綱？
☐ **gentle** [ˈdʒɛntl̩]	形 溫和的，程度的，和緩的，收容的，慷慨的，有禮貌的，優雅的 The lovely girl was a very gentle person who never loses her temper. 這個可愛的女孩很和善，從不發脾氣。
☐ **German** [ˈdʒɝmən]	名 德國，德國人，德語　形 德意志的，德國的，德國人的，德語的 Mary's mother is German, but her father is Chinese. 瑪麗的母親是德國人，但她父親是中國人。

單字、音標	詞性、中文解釋、同義字、相關字、例句
☑ **get** [gɛt]	動 獲得，得到，掙得，收獲，捕獲，收到，收聽到，搞到，理解，抓住 Can you get NBC on your wireless? 你的無線電收得到 NBC 嗎？
☑ **giant** [ˈdʒaɪənt]	名 巨人，巨物，巨大的動（或植）物 形 巨大的，大… She is a giant in her field. 她是這一行中的大師。
☑ **girl** [gɝl]	名 女孩，少女，姑娘，女兒，女僕，保姆，女工作人員 There are more girls than boys in the Chinese department. 中文系的女生多於男生。
☑ **give** [gɪv]	動 送給，給，授予，賜予，施捨，付出，出售，獻出，交給，托付，產生，引起　名 彈性，可讓性 Give me a piece of toast, please. 請給我一片土司。
☑ **glad** [glæd]	形 高興的，樂意的，令人高興的，使人愉快的，充滿歡樂的 We are glad to meet you at the airport. 我們很高興能在機場見到你。
☑ **glance** [glæns]	名 一瞥，眼光，閃光　動 一瞥，掃視，擦過，略過，提到，影射，快而簡略地談 Mary gave her teacher an admiring glance. 瑪麗向她的老師投以敬慕的眼光。

單字、音標	詞性、中文解釋、同義字、相關字、例句
☐ **glass** [glæs]	名 玻璃，玻璃狀物，玻璃製品，玻璃器具，玻璃杯，鏡子，透鏡，望遠鏡 I want to have a glass of water. 我想喝杯水。
☐ **glory** ['glorɪ]	名 光榮，榮譽，壯麗，壯觀，繁榮，昌盛　動 自豪，得意 Mary is a glory to her profession. 瑪麗是那一行的傑出人士。
☐ **glove** [glʌv]	名 手套，拳擊手套，捧球手套 It is very impolite to wear gloves when you shake hands with others. 跟別人握手時，戴著手套是非常沒有禮貌的事。
☐ **glow** [glo]	動 灼熱，發光，發熱，發紅，容光煥發，鮮艷奪目 The diamond glows in the darkness. 鑽石在黑暗中熠熠生輝。
☐ **go** [go]	動 去，離去，走，駛，通到，達到，歸，屬，訴諸，求助（於）行動，消失 The men's team championship went to the Chinese players. 中國選手獲得男子團體冠軍。
☐ **goat** [got]	名 山羊，色鬼，代罪羔羊，犧牲品 He saw a group of goats eating grass by the river. 他看見一群山羊在小河旁吃草。

單字、音標	詞性、中文解釋、同義字、相關字、例句
☑ **god** [gɑd]	名 神，神像，偶像，上帝，神化的人，被極度崇拜的人 We spoke against the gods of our enemy. 我們詆毀敵人的神。
☑ **gold** [gold]	名 金，黃金，金幣，錢財，財富，寶貴的東西，寶貴，優美，金色，金黃色 We shall find all the woods turned gold in autumn. 秋天時，森林會變得一片金黃色。
☑ **good** [gʊd]	形 好的，愉快的，新鮮的，有益的，真的，大大的，十足的　名 好，好事，慷慨的行為，利益，好處，用處，好人 I wish you to have a good time during the holidays. 祝你假日愉快。
☐ **government** ['gʌvɚnmənt]	名 管轄，統治，政府，內閣，政體，政權，統治權，管理，支配，州 America has always had fair government. 美國的政治一向清明。
☐ **grace** [gres]	名 優美，雅致，(pl) 風度，魅力，恩惠，恩賜，寬厚，赦免 She always behaves with grace in the party. 在宴會上她總是優雅得體。
☐ **grain** [gren]	名 穀物，穀類，穀類植物，穀粒，粒子，細粒 Tony is without a grain of common sense to say that. 東尼會這樣說話，連一點常識也沒有。

單字、音標	詞性、中文解釋、同義字、相關字、例句
☐ **grant** [grænt]	動 同意，准予，授予，讓渡，轉讓（財產等），假定…正論 The government granted a sum of money especially for education. 政府為教育撥了一項專款。
☐ **grass** [græs]	名 草，穀類等禾本科植物，草地，牧場，放牧 形 grassless 不長草的，沒有草的 Don't walk on the grass. 不要踐踏草地。
☐ **grand** [grænd]	形 (最)重大的，主要的，最高的，雄偉的，豪華的，自負的 The Foreign Office will hold a grand banquet given in honor of foreign friends tomorrow. 明天外交部將為外國朋友舉辦盛大宴會。
☐ **grave** [grev]	名 墓穴，墳墓，墓碑，死，陰間　動 雕刻，銘刻，牢記 Is there a life beyond the grave? 人死後有來生嗎？
☐ **gray** [gre]	形 灰色的，灰白色，灰白頭髮的，老的，老練的，古代的 名 灰色，暗淡(光)，灰色顏料，灰色衣服 Mary has gray hair. 瑪麗頭髮灰白。
☐ **great** [gret]	形 偉大的，大的，(極)重大的，強烈的，久的，十足的 副 很好地，成功地　名 全部，大人物，偉大的事物 She bought a handicraft product of great beauty in Australia. 她在澳州買了一件非常雅緻的手工藝品。

G

Chapter 7

G

單字、音標	詞性、中文解釋、同義字、相關字、例句
☐ **Greek** [grik]	形 希臘(人)的，希臘語的　名 希臘人，希臘語文，難懂的事，狡猾的傢伙，騙子 It's all Greek to him. 他完全不懂。
☐ **green** [grin]	形 綠的，青的，青蔥的，溫暖的，新鮮的，精力旺盛的，生的，無經驗的 Tony is still green at that job. 東尼對那件工作還是生疏的。
☐ **greet** [grit]	動 迎接，歡迎，向…致敬，對…打招呼，映入眼簾 She greeted me with a smiling face. 她微笑著向我打招呼。
☐ **ground** [graʊnd]	名 地，地面，場所，(pl)場地，庭園，範圍，領域，基礎，底子，(pl)根據　動 具有基礎，依靠，落地，著陸　形 磨過的，磨碎的 He has much ground for believing the news. 他有充分根據相信這個消息。
☐ **group** [grup]	名 群，批，簇，組，團體　動 聚集，類同 He is surrounded by groups of people. 他被人群包圍著。
☐ **grow** [gro]	動 生長，成長，發育，發展，形成(up)，種植，栽，使長滿，養，養成 Jack has grown to like volleyball. 傑克漸漸喜愛上排球。

單字、音標	詞性、中文解釋、同義字、相關字、例句
☐ **guard** [gɑrd]	動 保衛，守衛，看守，監視，警惕，防範　名 守衛，警戒，看守，衛兵，警衛 The mother guards her child day and night. 母親日夜看守著她的小孩。
☐ **guess** [gɛs]	動 猜測，推，測，猜中，猜對，認為，想 名 猜測，推測 Tony can't even guess at what she means. 東尼怎麼猜也猜不出，她是什麼意思。
☐ **guest** [gɛst]	名 客人，賓客，旅客，投宿的客人，顧客 動 招待，款待 She is coming to the party as my guest. 她應我的邀請來參加宴會。
☐ **guide** [gaɪd]	動 為…領路，帶領，引導，指引，指導，管理，操縱，支配 Jack guided the girl through the streets to the bus station. 傑克帶這個女孩走過街道到公車站。
☐ **gun** [gʌn]	名 炮，槍，手槍，（信號槍，禮炮）鳴放 動 用槍射擊，用槍打獵 A policeman was chasing a man carrying a gun. 警察正在追捕一個帶槍的人。

MP3-9

☐ **habit** ['hæbɪt]	名 習慣，習性，特性，體質，體格，舉止，行為 Parents should help their children to cultivate good habits. 父母應幫助孩子養成好習慣。

單字、音標	詞性、中文解釋、同義字、相關字、例句
☑ **hair** [hɛr]	图 頭髮，毛髮，汗毛，毛，絨毛，毛狀物，些微，一點兒 Mary has her hair dyed red. 瑪麗把她的頭髮染成了紅色。
☑ **half** [hæf]	形 一半的，不完全的，部分的　图 半，一半，（球賽）半場，半學期 He left in the last half hour. 他在半小時前離開了。
☑ **hall** [hɔl]	图 會堂，禮堂，大廳，娛樂廳，門廳，過道，走廊，（大學中的）學生食堂 There is a speech contest held in the hall this morning. 今天早上在禮堂要舉辦一場演講比賽。
☑ **hand** [hænd]	图 手，前腳，指針，人手，雇員，手藝，才能 動 交出，傳遞，給，攙扶 He will not raise a hand against her. 他不會做任何不利於她的事。
☑ **handle** [ˈhændḷ]	動 觸，摸，操縱，駕馭，處理，對付，經營，買賣 图 柄，把手，把柄，可乘之機，稱號，頭銜 He has grown up and can handle his own affairs. 他已長大成人，可以處理自己的事務了。
☑ **handsome** [ˈhænsəm]	形 相當大的，可觀的，慷慨的，大方的，漂亮的，清秀的，堂皇的 That handsome boy who is playing basketball on the ground is Mary's boyfriend. 那個正在操場上打籃球的英俊男孩，是瑪麗的男朋友。

單字、音標	詞性、中文解釋、同義字、相關字、例句
☑ **hang** [hæŋ]	動 懸掛，裝飾，垂下，安裝（活動的東西） The notion hung in my mind for three days. 三天來我老是在轉這個念頭。
☑ **happen** [ˈhæpən]	動（偶然）發生，碰巧，巧遇，偶然發現 Jude happened to be at the station when Mary arrived. 瑪麗到達時，裘德恰好在車站。
☑ **happy** [ˈhæpɪ]	形 高興的，幸福的，幸運的，適當的，成功的 She shall be very happy to help. 她將非常樂意給予幫助。
☑ **harbor** [ˈhɑrbɚ]	名（海）港，港口，港灣，避難所，退避所 動 入港停泊，躲藏，聚集 The girl fled to the harbor of her mother's arms. 這女孩躲到母親的懷裡。
☑ **hard** [hɑrd]	形 硬的，堅固的，困難的，艱難的，強烈的，嚴格的 副 硬，努力地，艱苦地，困難地 There were some hard questions on the second examination. 第二次考試有些難的題目。
☑ **harm** [hɑrm]	動 損害，傷害，危害　名 損害，傷害，危害 Smoking harms the health of smokers and the people around them. 抽煙會傷害到抽煙者及周圍旁人的身體健康。

H

Chapter 8　**H**

單字、音標	詞性、中文解釋、同義字、相關字、例句
☑ **hat** [hæt]	名 帽子　動 給…戴上帽子 Waving her hat, she said good-bye to me at the station. 在車站，她揮舞著帽子向我道別。
☑ **hate** [het]	動 憎惡，憎恨，不喜歡　名 怨恨，憎惡，嫉恨，憎恨的東西 She hates to be interrupted by others when she is studying. 她在學習時不喜歡受人打擾。
☑ **head** [hɛd]	名 頭，頭像，頭狀物體，首腦，頭腦，才智，腦袋，生命，人，個人，標題 He is taller than me by a full head. 他足足比我高出一個頭。
☑ **health** [hɛlθ]	名 健康，健康狀況，興旺 Health is better than wealth. 健康勝過財富。
☑ **hear** [hɪr]	動 聽見，聽，聽說，得知，注意聽，聽取，審取，同意，允准 Jude listened carefully but couldn't hear anything. 裘德很注意聽，但什麼也沒聽到。
☑ **heart** [hɑrt]	名 心，心臟，心腸，心情，愛心，中心，熱誠，精神 He thanks you from the bottom of his heart. 他衷心感謝你。

單字、音標	詞性、中文解釋、同義字、相關字、例句
☑ **heat** [hit]	名 熱，暑熱，熱度，熱烈，激烈，激怒，壓力，強迫 動 變熱，發熱，激動，發怒 I can't put up with the intense heat of midsummer. 我不能忍受仲夏的酷熱。
☑ **heaven** ['hɛvən]	名 天堂，天國，極樂之地，(pl) 天，天空 When he was a child, it was heaven to go nesting. 幼年時，去掏鳥蛋總是讓他樂得像什麼似的。
☑ **heavy** ['hɛvɪ]	形 重的，重型的，繁重的，沈重的，有力的，大的，大量的，狂暴的，令人憂鬱的 Was there a heavy rain last night? 昨晚下了一場大雨嗎？
☑ **heel** [hil]	名 腳後跟，踵，(pl)（四腳獸的）後腳 There is a hole in the heel of his stocking. 他的長襪子後跟有一個破洞。
☑ **height** [haɪt]	名 高，高度，海拔，(pl) 高處，高地，頂點，絕頂 What he told me is the height of absurdity. 他告訴我的話簡直荒謬到極點。
☑ **help** [hɛlp]	名 幫助，幫手，助手，秩序，挽救方法，佣人 動 幫助，援助，助長，促進，秩序，補救，使進食，款待 動 有幫助，有用，招待，伺候 His advice was a great help to her. 他的勸告對她大有幫助。

單字、音標	詞性、中文解釋、同義字、相關字、例句
☑ **hen** [hɛn]	名 母雞，雌鳥，女人，長舌婦 The cock usually has brighter colored feathers than the hen. 公雞的羽毛顏色通常比母雞的鮮艷。
☑ **hence** [hɛns]	副 從此地，從今世，從此以後，今後，因此，由此 This village was built on the side of a hill hence the name Hillside. 這個小村建在山邊，因此村名叫「山邊」。
☑ **here** [hɪr]	副 在這裡，這裡，向這裡，到這裡，在這點上，這時，現在，今生 名 這裡 Here comes the school bus. 校車來了。
☑ **hero** ['hɪro]	名 英雄，英雄人物，勇士，（戲劇小說中的）男主角，男主人公，中心人物 The story about the national hero is passed on year by year. 這個關於民族英雄的故事，會一年又一年地傳頌下去。
☑ **high** [haɪ]	形 高的，高原的，高度的，強烈的，很大的，非常的，高級的，高等的，高尚的 副 高，高價地，高額地，奢侈地 Orange juice is high in vitamin C. 橘子汁的維生素 C 含量很高。
☑ **hill** [hɪl]	名 小山，丘陵，斜坡，土堆，小堆 動 把…堆成土堆，堆土於…根部 His family will climb the hill on Sunday. 他家在週日要去爬山。

單字、音標	詞性、中文解釋、同義字、相關字、例句
☑ **hire** [haɪr]	勔 租，僱　名 租用，僱用，租金，工錢 I hired a large ship to transport his cargo to Tokyo. 我租了一艘大船，把他的貨物運往東京。
☑ **history** ['hɪstərɪ]	名 歷史，歷史學，過去事情的記載，沿革，來歷，過去的事，過時的事物 Forgetting the past is betraying the history. 忘掉過去就是背叛歷史。
☑ **hit** [hɪt]	勔 打，打擊，打中，碰撞，偶然碰上，找到 名 一擊，擊中，碰撞，諷刺，抨擊，俏皮話，好運氣 The girl hit her forehead against the corner of a chair. 女孩的額頭撞到了椅子的角。
☑ **hold** [hold]	勔 拿著，握住，抓住，支持，掌握，擔任，擁有，舉行 名 抓，掌握，控制，可手攀的東西，監禁 They hope the fine weather will hold throughout the month. 他們希望這個月的天氣能一直這麼好。
☑ **hole** [hol]	名 洞，孔眼，破洞，裂開處，洞穴，窩，為難的處境，困境，漏洞 He has dug a hole in the street. 他在馬路上挖了一個洞。
☑ **holiday** ['hɑlə,de]	名 假日，節日，(pl) 假期 He spent his whole summer holiday traveling the world. 他花了整整一個暑假的時間去世界各地旅行。

單字、音標	詞性、中文解釋、同義字、相關字、例句
☐ **hollow** ['hɑlo]	形 空的，中空的，凹的，凹陷的，空虛的，虛假的，空腹的 副 完全 John gave Mary a hollow promise that he would get married with her next year. 約翰向瑪麗許下不實的諾言：他明年會和她結婚。
☐ **holy** ['holɪ]	形 神聖的，神的，供神用的，獻身於宗教的，聖潔的，至善的 名 神聖的東西，聖堂 Putting her hand on the holy Bible, she swore that what she had said was true. 她把手放在聖經上發誓，她說過的話全是真實的。
☐ **home** [hom]	名 家，住宅，家鄉，本國，養育院，收容所，產地，根據地 形 家庭的，家鄉的，本地的，本國的，國內的，總部的，中要害的 The sailor is heading for home. 那個船員正向基地返航。
☐ **honest** ['ɑnɪst]	形 誠實的，正直的，可敬的，有聲譽的，可信任的，真正的，純正的，簡單的 Mary's honest face told me she was a trusty person. 瑪麗誠實的臉告訴我，她是個可以信賴的人。
☐ **honey** ['hʌnɪ]	名 蜂蜜，愛人，甜蜜，寶貝兒，極出色的東西，妙品 That new bicycle of hers is a real honey. 她的那部新腳踏車真是棒極了。
☐ **honor** ['ɑnɚ]	動 尊敬，使增光，給…以榮譽，承兌，實踐，允准 名 榮譽，光榮，尊敬，敬意，名譽，面子，自尊心，廉恥，道義，榮幸 she was honored with the degree of Ph.D. 她榮獲哲學博士學位。

單字、音標	詞性、中文解釋、同義字、相關字、例句
☐ **hope** [hop]	图 希望，被寄托希望的人（或物）　 匭 希望，盼望，期待 He cherishes a hope in heart that one day he can travel around the world. 他內心深藏一份心願，有一天他可以去世界各地旅遊。
☐ **horn** [hɔrn]	图 角，鹿角，角製物，喇叭，似角之物 That knife has a horn handle. 那把刀有個角質的柄。
☐ **horse** [hɔrs]	图 馬，騎兵，三腳架，木馬 A girl riding a horse came over to him. 一個騎著馬的女孩朝他那邊走去。
☐ **hospital** ['hɑspɪtl]	图 醫院，慈善收養院 Tony broke a leg and was sent to a hospital. 東尼跌斷了腿，被送進一家醫院。
☐ **hot** [hɑt]	圈 熱的，熱情的，熱切的，激動的，急躁的，激烈的，剛做好的，辣的　 匭 熱，熱切地，緊迫地 He became like a cat on hot bricks when he heard the news. 當他聽見這個消息時，急得像熱鍋上的螞蟻。
☐ **hotel** [ho'tɛl]	图 旅館 When Mary goes to Hong Kong on business, she always lives in the same hotel. 每次瑪麗去香港出差時，總是住同一家旅館。

Chapter 8　**H**

單字、音標	詞性、中文解釋、同義字、相關字、例句
☐ **hour** [aʊr]	名 小時，時刻，時間，目前，現在，一段時間，…點鐘 It is one hour from here to Taipei by air. 從這兒坐飛機到台北的行程是一小時。
☐ **house** [haʊs]	名 房子，住宅，家庭，家務，庫，房，機構，大樓，會議，廳 動 住，躲藏 The police searched the criminal house by house. 警察挨家逐戶地搜查罪犯。
☐ **household** ['haʊsˌhold]	名 家庭，家屬，戶，同住在一家的人，家務 Alice was out of work, so she had to cut down on household expenses. 愛麗絲失業了，所以她得削減家庭開支。
☐ **huge** [hjudʒ]	形 巨大的，龐大的，奇大無比的 With perseverance and years of hard work, Jack achieved a huge success in racing finally. 傑克堅忍不拔地努力奮鬥了多年後，終於在賽跑方面取得極大成就。
☐ **human** ['hjumən]	形 人的，人類的，凡人皆有的，有人性的，通人情的 名 人 She seems quite human when you know her. 一旦你了解她，你會發現她是很有人情味的。
☐ **hundred** ['hʌndrəd]	名 百，百個（人或物），(pl) 數以百計，許多　　形 許多 Hundreds of people swarmed into the exhibition hall. 數百人湧進了展覽廳。

單字、音標	詞性、中文解釋、同義字、相關字、例句
☐ **hungry** [ˈhʌŋgrɪ]	形 飢餓的，渴望的，荒年的，貧瘠的　動 使挨餓 They were hungry for news of their sister, who lives away from home. 他們渴望得到他們的妹妹在外的消息。
☐ **hunt** [hʌnt]	動 追獵，獵取，在…中狩獵，驅使…行獵，追趕，搜索，追索 Judy hunted the dog out of the room. 茱蒂把狗趕出房間。
☐ **hurry** [ˈhɝɪ]	名 匆忙，倉促，急切，混亂，騷動　動 趕緊，匆忙 He went to school in a hurry, because he was late. 他匆匆趕去上學，因為他遲到了。
☐ **hurt** [hɝt]	動 刺痛，危害，損害，傷…的感情，使痛心，使 （感情）受到創傷 It hurts me to think that Mary didn't invite me to the party at her home. 一想到瑪麗沒有邀我去參加在她家的聚會，我就覺得難過。

MP3-10

單字、音標	詞性、中文解釋、同義字、相關字、例句
☐ **ice** [aɪs]	動 使結冰，冰凍　名 冰，冰淇淋，冷若冰霜 同 sleet 雨雪 Her refusal iced his enthusiasm. 她的拒絕把他的熱情打消了。
☐ **idea** [aɪˈdiə]	名 思想，概念，意見，主意，念頭 Alice has a clear idea of her responsibility. 愛麗絲清楚知道自己的職責是什麼。

單字、音標	詞性、中文解釋、同義字、相關字、例句
☐ **idle** [ˈaɪdl̩]	動 虛度，空費，使空閒，使閒置　形 閒著的，懶散的，無用的，無效的 Don't idle away your precious time. 不要把大好時光浪費掉。
☐ **ill** [ɪl]	名 壞，惡，罪惡，(pl) 病害，災禍，不幸　形 有病的，壞的，不吉祥的，邪惡的，拙劣的，麻煩的 They don't know whether the outcome will be for good or for ill. 他們不知道結果是好還是壞。
☐ **imagine** [ɪˈmædʒɪn]	動 想像，設想，料想，捏造，想像起來，想起來，料想起來 James likes to imagine himself a flyer. 詹姆士喜歡想像自己是一個飛行員。
☐ **immediate** [ɪˈmidɪɪt]	形 直接的，最接近的，緊靠著的，立即的，即時的 A plane fell down in the immediate vicinity. 一架飛機在這附近墜落。
☐ **important** [ɪmˈpɔrtn̩t]	形 重要的，大量的，許多的，大的 It is important to learn to read. 學習閱讀是很重要的。
☐ **impossible** [ɪmˈpɑsəbl̩]	形 不可能的，辦不到的，不可能存在的，不會發生的 Her bad temper makes life impossible for all the class. 她的壞脾氣使全班同學難以忍受。

124

單字、音標	詞性、中文解釋、同義字、相關字、例句
☑ **improve** [ɪm'pruv]	動 使更好，改善，增進，利用，抓住，提高…的價值，升值 The demand for color computer sets is improving. 對彩色電腦的需求正在增加。
☑ **include** [ɪn'klud]	動 包住，關住，包括，包含 The duty is included in the account. 稅包含在帳內。
☑ **increase** [ɪn'kris]	動 名 增加，增長，增值，增進 The population of Taipei has increased. 台北的人口增多了。
☑ **indeed** [ɪn'did]	副 真正地，實際上，確實，實在，甚至，真的，真是 Yes indeed, he intends to go to Tainan. 是的，他真的想去台南。
☑ **independent** [͵ɪndɪ'pɛndənt]	形 獨立的，自治的，有主見的，單獨的 名 獨立自主的人，無黨派者 Michael became independent after he left his family and worked in the city. 麥可離開家到城市工作後，變得獨立了。
☑ **Indian** ['ɪndɪən]	形 印度的，印度人的，印度文化的，印第安人的 名 印第安人，印度人，印第安語 They have a new Indian classmate who is from India. 他們班上來了一個從印度來的新同學。

單字、音標	詞性、中文解釋、同義字、相關字、例句
☐ **indicate** ['ɪndə,ket]	動 顯示，象徵，表明，預示，暗示，需要 The arrow indicates our direction of advance. 這個箭頭指示我們前進的方向。
☐ **individual** [,ɪndə'vɪdʒʊəl]	名 個人，個體，獨立單位，人　形 個人的，個體的，個別的 The rights of the individual are the most important rights in our society. 個人的權利是我們社會中最重要的權利。
☐ **industry** ['ɪndəstrɪ]	名 勤勞，勤奮，有組織的勞動，工業，產業，行業 Japan is supported by industry. 日本是以工業立國。
☐ **influence** ['ɪnflʊəns]	名 影響，感化力，勢力，權勢，有影響的人，有權勢的人 動 影響，感化，對…有作用，左右 Would you please use your influence and tell Jack not to do that? 請你運用你的影響力，叫傑克不要做那件事好嗎？
☐ **inform** [ɪn'fɔrm]	動 告訴，通知，向…報告，使充滿，使活躍，告發，告密 Please keep me informed of their progress of the work. 請持續告訴我他們的工作進度。
☐ **ink** [ɪŋk]	名 墨水，油墨，墨汁 動 塗墨水於，用墨水（畫）寫，用墨水沾污 My pen was out of ink. 我的鋼筆沒水了。

單字、音標	詞性、中文解釋、同義字、相關字、例句
☐ **inquire** [ɪnˋkwaɪr]	動 詢問，調查，查詢，問，打聽，調查 Helen inquired of him about their work. 海倫向他詢問他們工作的情況。
☐ **inside** [ˋɪnˋsaɪd]	副 在內，在內部 形 裡面的，內部的，在屋裡的，內幕的，秘密的 名 裡面，內部，內側，其中，內情，內幕 The boys are playing inside because it's raining. 因為下雨，孩子們在室內玩。
☐ **insist** [ɪnˋsɪst]	動 堅持，堅決主張，堅決認為，堅決要求，定要 They insisted that they had done right. 他們堅決認為他們做對了。
☐ **instance** [ˋɪnstəns]	名 例子，事例，實例，要求，建議，場合，情況，訴訟（手續） 動 舉…為例，引證，用例子說明 For instance, here are three balls. 舉例來說，這裡有 3 個球。
☐ **instead** [ɪnˋstɛd]	副 代替，頂替 Jane is tired, let her go instead. 珍累了，讓她去吧。
☐ **intend** [ɪnˋtɛnd]	動 想要，打算，打算使…（成）為，意指 What does he intend by that remark? 他說這話是什麼意思？

單字、音標	詞性、中文解釋、同義字、相關字、例句
☑ **interest** [ˈɪntrɪst]	名 興趣，關心，注意，趣味，感興趣的事，愛好，利益，權利，勢力 History has no interest for Jude. 歷史對裘德來說，沒有什麼趣味。
☑ **introduce** [ˌɪntrəˈdjus]	動 傳入，插入，採用，介紹，作為…的開頭，提出 Allow her to introduce John. 請允許她介紹約翰。
☑ **invite** [ɪnˈvaɪt]	動 邀請，招待，請求，徵求，引起，招致，吸引 Paul was invited to a party of his friend's yesterday. 昨天保羅被邀去參加一個朋友的舞會。
☑ **iron** [ˈaɪɚn]	動 用鐵包，熨，燙平（衣服），燙衣服，被燙平 名 鐵，堅強，嚴酷，鐵製品，烙鐵，熨斗，鐐銬 Damp clothes iron very easily. 有濕氣的衣服很容易燙平。
☑ **island** [ˈaɪlənd]	名 島，島嶼，島狀物，孤立的地區，安全地區，安全島 Japan consists of four islands. 日本由四個島組成。
☑ **issue** [ˈɪʃju]	名 流出，放出，流出物，出口，結果，結局，問題，爭端 動 使流出，放出，發行，發布，發給，配給 Joan bought the magazine the day after its issue. 瓊在這本雜誌發行後第二天買了它。

單字、音標	詞性、中文解釋、同義字、相關字、例句

☐ **Italy**
['ɪtḷɪ]

图 義大利，義大利人，義大利語

Italy is a beautiful country.
義大利是個美麗的國家。

☐ **Japan**
[dʒə'pæn]

图 日本，日本國

Japan is small in territory but it's large in population.
日本的領土小，人口卻很多。

☐ **job**
[dʒɑb]

图 工作，零工，職責，任務，作用，職位，職業，成果，成品

Mr. Smith changed jobs a week ago.
史密斯先生一週前換了工作。

☐ **join**
[dʒɔɪn]

動 連接，接合，回到（崗位）等，鄰接，聯合，相遇，參加，加入，毗連　图 連接，結合，接連處，接合點

This highway has joined the town to the city.
這條高速公路把鄉鎮和城市連接起來了。

☐ **journal**
['dʒɝnḷ]

图 日誌，日記，航海日記，議事錄，日報，定期刊物

That journal records Peter's experience in America.
那本日記記載了彼得在美國的經歷。

☐ **journey**
['dʒɝnɪ]

图 旅行，旅程，路程，一天的旅程，歷程
動 旅行，遊歷

How is Paul's journey to Italy?
保羅的義大利之旅如何？

J

Chapter 10　J

單字、音標	詞性、中文解釋、同義字、相關字、例句
☐ **joy** [dʒɔɪ]	名 歡樂，高興，樂事，樂趣　動 歡欣，高興，使高興，享受 To their greatest joy, they succeeded at last. 他們終於成功了，大家都很高興。
☐ **judge** [dʒʌdʒ]	動 審判，判決，裁判，評定，裁決，判斷，鑑定，認為 名 審判官，法官，裁判員，鑑定人，鑑賞家，最高審判者 They can judge for themselves whether it is good or not. 好不好，他們可以自己判斷。
☐ **jump** [dʒʌmp]	動 跳躍，跳動，猛撲，匆忙，跳過，跳上　名 跳躍，一跳的距離，驚跳，突然轉變 Are you scared to jump out of the plane? 你會害怕從飛機上跳出去嗎？
☐ **just** [dʒʌst]	副 正好，恰好，僅僅，只是，剛才，直接，就，真正，非常，試請，且請　形 正義的，公正的，公平的，應得的，合理的，恰當的，正確的，合法的 He was just going when Mary came in. 瑪麗進來時他正要走。
☐ **justify** [ˈdʒʌstəˌfaɪ]	動 證明…是正當的，為…辯護，為…提供法律根據，宣誓證明 The course of events justifies their views. 事情的發展證明他們的意見是正確的。

☐ **keep** [kip]	動 保持，保留，履行，慶祝，保護，看守，整理，經營，記（日記） Sorry to have kept you waiting. 對不起，讓你久等了。

單字、音標	詞性、中文解釋、同義字、相關字、例句
☐ **key** [ki]	名 鑰匙，琴鍵，題解，圖解，線索，祕訣，答案，關鍵，要害，要衝　形 關鍵的，基本的，主要的 The key to the settlement of that problem lies in the attitude of the man. 解決那個問題的關鍵在於這個人的態度。
☐ **kick** [kɪk]	動 踢，朝⋯反衝，踢球得（分），趕出，驅逐，發牢騷，反對，抗議 The horse kicked her when she tried to ride it. 當她試著騎這匹馬時，這匹馬卻踢了她。
☐ **kid** [kɪd]	名 小山羊，小羚羊，小孩，兒童，少年，欺騙，小木桶　動 欺騙，哄騙，嘲笑，戲弄，（山羊或羚羊）生（的） That boy over there is her kid brother. 那邊的那男孩是他的弟弟。
☐ **kill** [kɪl]	動 殺死，宰（豬等），毀掉，消磨，刪除，否決　名 殺，殺傷，被擊毀的敵機，（被打死的）獵物 Peasants tried to prevent the frost from killing the plants. 農民們想辦法不讓嚴霜凍死植物。
☐ **kind** [kaɪnd]	名 種，類，性質，本質　形 仁慈的，好意的，友愛的，親切的　副 仁慈地，友好地，誠懇地 Tony is not the kind of man to idle away his time. 東尼不是那種遊手好閒的人。
☐ **king** [kɪŋ]	名 國王，王，（部落）首領，頭子（某範圍內）最有勢力者，大王，上帝 The lion is the king of the jungle. 獅子是林中之王。

K

Chapter 11　**K**

131

單字、音標	詞性、中文解釋、同義字、相關字、例句
☑ **kiss** [kɪs]	動 吻,(風、波浪)輕拂,輕觸,接觸,輕撫　名 吻, 輕拂,輕觸 The father kissed his baby on the cheek. 父親輕吻嬰孩的臉頰。
☑ **kitchen** ['kɪtʃɪn]	名 廚房,灶間,(集合名詞)炊事人員,全套炊具 All the housewives prefer the bigger kitchen which brings convenience to their cooking. 所有的家庭主婦們都喜歡較大的廚房,因為大廚房方便 烹調。
☑ **knee** [ni]	名 膝,膝蓋,膝關節,膝部,膝狀物,(用膝的) 碰擊 There were holes in the knees of Mary's trousers. 瑪麗的褲子膝蓋上有幾個洞。
☑ **knife** [naɪf]	名 小刀,匕首,(機器上的)刀片 He needs a knife and fork to eat the steak. 他需要一副刀叉來吃牛排。
☑ **knight** [naɪt]	名 騎士,武士,爵士 Sir Charles was made knight for his service to his own country. 查理因對自己國家有貢獻而受封為爵士。
☑ **knock** [nɑk]	動 敲,擊,打,相碰,相撞,奔忙,忙亂,發出爆破聲, 驚訝　名 敲,(狠狠的)一擊,打擊,不幸,挫折,艱苦, 困苦,爆破聲,震擊 Tony's words really knocked her. 東尼的一番話使她大感驚訝。

單字、音標	詞性、中文解釋、同義字、相關字、例句

☐ **know**
[no]

動 知道，了解，懂得，認識，熟悉，記牢，精通，認出，分辨 名 知道，認識

Does he know how to write?
他知道怎麼寫嗎？

☐ **knowledge**
['nɑlɪdʒ]

名 知識，學問，學識，認識，知道，了解，消息

She has no knowledge of Tony's whereabouts.
她不知道東尼在哪裡。

☐ **labor**
['lebɚ]

動 艱辛，緩慢地邁進 名 勞動，努力，工作，工人，勞動力

Jack labored up the mountain with his bags.
傑克帶著背包很艱難地爬上山。

MP3-13

☐ **lack**
[læk]

動 缺乏，缺少，沒有，需要

Nothing is lacking for their plan.
他們的計劃什麼都不缺了。

☐ **lad**
[læd]

名 少年，青年，男孩，小伙子，傢伙，伙伴

Jack is just a lad.
傑克不過是個小男孩。

☐ **lady**
['ledɪ]

名 女士，夫人，小姐，貴婦人，女主人，妻子，情人，情婦

Please bring this lady a glass of champagne.
請給這位女士一杯香檳酒。

單字、音標	詞性、中文解釋、同義字、相關字、例句
☐ **lag** [læg]	形 最後的，落後的　動 走得慢，落後，延遲，變弱，鬆懈 The thought of escaping spurred Jack's lagging senses. 脫逃的念頭使傑克有些麻木的神經興奮起來。
☐ **lake** [lek]	名 湖，湖水，池 The lake is surrounded by hills. 這個湖被群山包圍著。
☐ **lamb** [læm]	名 羔羊，小羊，小羚羊，羔羊般柔弱的人，寶貝兒，乖乖 He can sing "Mary has a little lamb". 他會唱「瑪麗有隻小羊」這首歌。
☐ **lamp** [læmp]	名 燈，智慧的源泉，精神力量的來源 Her room is short of a lamp. 她的房間缺一盞燈。
☐ **land** [lænd]	名 陸地，地面，土地，田地，國土，國家，地帶，境界，地皮　動 上岸，登陸，降落，到達，歇腳，（船）靠岸 We own much land in Taipei. 我們在台北擁有很多土地。
☐ **language** ['læŋgwɪdʒ]	名 語言，語言課程，罵人的話 Mary is a girl with an easy flow of language. 瑪麗是一個健談的女孩。

單字、音標	詞性、中文解釋、同義字、相關字、例句
☑ **large** [lɑrdʒ]	形 巨大的，大的，廣博的，開闊的，誇大的，奔放的 副 大，大大地，誇大地 Standing here, he saw a large tower in the distance. 站在這兒，他看見遠處有一座巨塔。
☑ **last** [læst]	形 最後的，唯一剩下的，臨終的　副 最後，上一次，最近一次，最後（一點）　名 最後，末尾，臨終，最後的人（或東西），（動作的）最後一次　動 持續，支持，耐久 December is the last month of the year. 十二月是一年的最後一個月。
☑ **late** [let]	副 遲，晚，在晚期，最近，不久前 形 遲的，晚的，晚期的，新近的，已故的 I saw Mary as late as two days ago. 二天前我還看見過瑪麗。
☑ **latter** ['lætɚ]	形 後面的，後半的，末了的，後者的，最近的，現今的 All of the two, the latter is far better than the former. 兩者中，後者比前者好得多。
☑ **laugh** [læf]	動 笑，發笑　名 笑，笑聲，引人發笑的事情，嘲笑，(pl) 玩笑 Grace and Sophia are twins who love to laugh. 葛瑞絲和蘇菲亞是愛笑的雙胞胎。
☑ **law** [lɔ]	名 法律，法令，法，法治，法學，法律知識，司法界，訴訟，法則，規律　動 起訴，控告，對…起訴 All the citizens should abide by the law. 所有公民都應遵守法律。

單字、音標	詞性、中文解釋、同義字、相關字、例句
☑ **lay** [le]	動 放，擱，把…壓平，鋪，塗，布置，安排，擬訂，提出，下蛋，歸罪於 The storm laid the crops. 暴風雨把農作物吹倒了。
☑ **lead** [lid]	動 領導，率領，指揮，帶領，引導，撬，牽著，致使 名 領導，榜樣，引導，帶頭，(戲中)主角，內容提要，導語，鉛，鉛筆 The guide led them through the jungle. 導遊帶他們穿越叢林。
☑ **league** [lig]	名 同盟，聯盟，盟約，聯合會，社團，種類，範疇 Is that baseball game a league match? 那場棒球比賽是不是聯盟的競賽？
☑ **lean** [lin]	動 傾斜，屈身，傾向，偏向，靠，依，依賴 名 傾斜，傾向 He leans out of the window. 他探身往窗外看。
☑ **leap** [lip]	動 跳，躍，猛然行動，迅速行動 The idea leapt into my mind. 我的腦海閃過這個點子。
☑ **learn** [lɜn]	動 學習，學，聽到，獲悉，學會，認識到，記住，教，教訓 I learned of her departure a week ago. 一週前我才聽說她走了。

單字、音標	詞性、中文解釋、同義字、相關字、例句
☐ **least** [list]	形 最小的，最少的，最不重要的，地位最低的 副 最小，最少，最不 Even the least noise will startle the baby. 甚至最小的噪音都會讓嬰兒受驚。
☐ **leather** [ˈlɛðɚ]	名 皮革，皮革製品，皮膚　形 皮革的，皮革製的 The price of a leather coat will be falling when spring comes. 春天一來，皮大衣的價格就要開始下降了。
☐ **leave** [liv]	動 離開，脫離，留下，剩下，遺忘，丟下，遺棄，捨棄，經過，動身，出發 He will leave Taipei for New York tomorrow. 明天他要離開台北去紐約。
☐ **left** [lɛft]	形 左，左邊的，左翼的，左派的　副 在左邊，向左 After that accident Mary got an operation on her left hand. 那次意外事故之後，瑪麗的左手動了一次手術。
☐ **leg** [lɛg]	動 疾走，急跑，（為…）奔跑，奔走，賣力 名 腿，足，腳部，褲腳管，襪統，靴統 Tony legged it out to the school. 東尼朝學校飛跑而去。
☐ **lend** [lɛnd]	動 把…借給，貸（款），出租，提供，給予，給，貸款 Would you please lend him your car? 你可以把車借給他嗎？

L

單字、音標	詞性、中文解釋、同義字、相關字、例句
☑ **length** [lɛŋkθ]	名 長，長度，（時間的）長短，期間 Mary hopes Tony can make a stay of some length here. 瑪麗希望東尼能在這兒停留一些時候。
☑ **less** [lɛs]	形 更少（或更小的），較少（或較小的）　副 更少（或更小地），較少（或較小地）　名 更少（或更小），較少（或較小） That book had less success than expected. 那本書沒有預期的成功。
☑ **lesson** ['lɛsn̩]	名 功課，課業，(pl) 課程，一節課，教訓，訓誡，訓斥 Father doesn't let her play outside, until she has finished reviewing her lessons. 父親要她複習完功課後才可出去玩。
☑ **let** [lɛt]	動 讓，假設，允許，解散，放開，出租，讓…進入，阻礙 名 出租，租出的房屋，障礙 She let a month go by before answering the letter. 過了一個月她才回信。
☑ **letter** ['lɛtɚ]	名 字母，書信，函，正式證書，許可證　動 用印刷體字母在…上寫（或刻印），寫（或刻印）印刷體字 Here is a letter for Mary. 這兒有瑪麗的一封信。
☑ **level** ['lɛvl̩]	形 平的，水平的，平坦的，同高度的，平穩的，率直的 名 水平面，水平線，水平狀態，水平，標準，級別，高度，平地 This street is fairly level. 這條街道相當平坦。

單字、音標	詞性、中文解釋、同義字、相關字、例句

☑ **liberty**
['lɪbɚtɪ]

名 自由，自由權，特權，冒昧

Young people have a lot more liberty now than they used to.
現在的年輕人比以前自由多了。

☑ **library**
['laɪˌbrɛrɪ]

名 圖書館，文庫，藏書，叢書

Would you like to go to the library?
你要去圖書館嗎？

☑ **lie**
[laɪ]

動 躺，平躺，位於，存在，被埋葬，說謊，欺騙
名 謊話，謊言，位置，狀態，躺著休息

The cat is lying in front of the fire.
貓躺在火爐前。

☑ **life**
[laɪf]

名 生命，性命，生物，壽命，一生，生涯，傳記，生活，世事，人生，生命力，生氣，靈魂，實物，新生

Mary lives a happy life with her husband.
瑪麗與她的丈夫過著幸福的日子。

☑ **lift**
[lɪft]

動 提起，舉起，抬，吊，提高，提升，鼓舞，空運，解除，撤銷（命令） 名 提，吊，升，舉，情緒激昂，鼓舞，電梯

The crane lifted a heavy suitcase.
起重機將沈重的衣物箱吊起來。

☑ **light**
[laɪt]

名 光，光線，光亮，日光，白晝，燈塔，明星，火花，眼神
形 明亮的，淡色的，輕的，少量的，輕微的，輕巧的

She saw the light of a campfire yesterday.
昨天她看到營火的光。

單字、音標	詞性、中文解釋、同義字、相關字、例句
☐ **like** [laɪk]	動 喜歡，希望，想，願意，適合於　形 相像的，相同的，(好像) 就要，可能 She would like to join their discussion. 她希望參加他們的討論。
☐ **limit** [ˈlɪmɪt]	名 界限，界線，限度，限制，(pl) 範圍，境界，極限，極點 There is no limit to the number of visitors to the baseball game. 去看棒球比賽的人數沒有限制。
☐ **line** [laɪn]	名 線，索，繩，金屬線，電線，線路，界線，作業線，路線 Jack is the last to cross the line. 傑克是最後一個過終點線的人。
☐ **lion** [ˈlaɪən]	名 獅子，勇猛的人，慓悍的人，名人 Sophia asked her mother to take her to see the lion in the Mu-cha zoo. 蘇菲亞要她媽媽帶她去木柵動物園看獅子。
☐ **lip** [lɪp]	名 嘴唇，唇狀物，(茶壺等的) 嘴　形 口頭上的，不真誠的，用嘴唇發音的 They heard it from her lips. 這是他們聽她親口說的。
☐ **list** [lɪst]	動 把…編列成表，把…編入目錄，列舉，把…算作　名 表，一覽表，目錄，名單 Her name is listed in the telephone directory. 她的名字登記在電話簿上。

單字、音標	詞性、中文解釋、同義字、相關字、例句

☐ **listen**
['lɪsn̩]

動 聽，留神聽，傾聽，聽信，聽上去，聽起來
名 聽，傾聽

Listen to the speech, don't make a noise.
聽演講，不要出聲。

☐ **little**
['lɪtl̩]

副 少，稍許，一點兒　形 小的，幼小的，矮小的，短暫的，狹小的，少

Jean has seen Mary very little recently.
最近琴很少看到瑪麗。

☐ **live**
[lɪv]

動 活著，活，生存，生活，過活，居住，過（生活），實踐，經歷　形 活的，有生命的，真的，活生生的，精力充沛的，燃燒的

Eva had lived what she narrated.
伊娃曾經歷過她所講的那些事。

☐ **load**
[lod]

名 擔子，重擔，負擔，重任，負載，負荷，工作量
動 裝，裝載

He has to make two loads of the cargo.
他們得把貨物分裝二車。

☐ **local**
['lokl̩]

形 地方的，當地的，本地的，鄉土的，狹隘的，局部的

Roger asked one of the locals which way to go.
羅傑請教一位本地人該走哪條路。

☐ **locate**
['loket]

動 確定…的地點，把…設置在，使…坐落於，探出，找出，居住下來，定居

The school is to be located in my town.
這所學校將設在我們鎮上。

☐ **lock**
[lɑk]

動 鎖，鎖上，秘藏，使固定，卡住，塞住，緊抱住，挽住
名 鎖，鎖住，固定，（交通的）阻塞

Jane locked her diary up in the drawer.
珍把日記鎖在抽屜裡。

☐ **log**
[lɔg]

動 記載於航海日誌中，航行，飛行，砍伐木材
名 木材，木頭，航海日誌，測速器

We logged a large part of the trees.
我們砍掉了一大片樹林。

☐ **long**
[lɔŋ]

形 長的，長久的，冗長的，（兩個中）較長的
動 渴望，極想念

He has been a lawyer for a long time.
他當律師已有很長時間。

☐ **look**
[lʊk]

動 視，看，觀，望，查明白，朝著，注意，留神
名 看，臉色，神態，外貌，外表，(pl) 面容，美貌

She looked him in the face and she found
a trace of panic.
她直視他的臉，發現有一絲驚慌閃過。

☐ **loose**
[lus]

動 釋放，把…放開，解開（結）等，放（槍），射（箭）
形 鬆的，寬的，鬆散的　副 鬆鬆地，鬆散地，不緊湊地，
不嚴格地

Gordon leads a loose life.
高登過著放蕩的生活。

☐ **lord**
[lɔrd]

名 貴族，封建領主，地位，君主，上帝，基督

The lord Mayor of Rome is arriving in
New York this afternoon.
羅馬市長今天下午抵達紐約。

單字、音標	詞性、中文解釋、同義字、相關字、例句
☐ **lose** [luz]	動 丟失，失，喪失，錯過，浪費，迷失，輸去，失敗，輸掉，走慢 Her foolish behavior lost her the job. 她的愚蠢使她丟了工作。
☐ **loss** [lɔs]	名 遺失，損失，損耗，失敗，輸，錯過，浪費，降低，損毀 My family suffered a heavy loss from the typhoon. 我家在這次颱風中損失嚴重。
☐ **lost** [lɔst]	形 失去的，丟失的，喪失的，錯過的，浪費掉的 They got lost in the desert. 他們在沙漠中迷路了。
☐ **lot** [lɑt]	名 簽，抽簽，份兒，命運，運氣，許多　動 劃分，把（商品等）分組 She feels a lot better now. 她現在感覺好多了。
☐ **loud** [laʊd]	形 高聲的，響亮的，吵鬧的，喧噪的，強調的，堅持的 My mother can't sleep in the loud music. 音樂這麼大聲，我媽媽睡不著。
☐ **love** [lʌv]	名 愛，親愛，愛好，喜好，愛人　動 愛，熱愛，愛戴，撫愛，愛好，喜歡 There's no love between us. 我們之間毫無感情可言。

單字、音標	詞性、中文解釋、同義字、相關字、例句
☑ **low** [lo]	形 低的，淺的，低聲的，低音的，少的 副 低，向下地，低聲地，以低音調，低價地 Why is he in low spirits? 他為什麼沒精打采的？

單字、音標	詞性、中文解釋、同義字、相關字、例句
☑ **machine** [mə'ʃin]	名 機器，機械，汽車，身體器官，機構，機械地工作的人（或機械） John is skilled in operating the machine. 約翰熟練地操作這台機器。
☑ **mad** [mæd]	形 發瘋的，發狂的，瘋狂的，狂烈的，狂熱的，著迷的，愚蠢的，狂妄的 Mr. Smith went mad when he heard that his son was dead. 史密斯先生聽到兒子死了之後便瘋了。
☑ **magazine** [,mægə'zin]	名 雜誌，期刊，週刊，倉庫，彈藥庫，彈藥包 She prefers to read magazines than watch TV. 她較喜歡讀雜誌甚於看電視。
☑ **maid** [med]	名 少女，青年女子，未婚女子，處女，侍女，女僕 The paper writes that a Philippine maid killed her hostess in anger. 報紙報導：一個菲傭一怒之下殺死了自己的女主人。
☑ **mail** [mel]	名 郵件，郵差，郵政制度，郵遞員，郵政工具 動 郵寄　形 mailable 可郵寄的，按規定可以郵寄的 A famous singer usually has a large amount of mail to answer everyday. 有名的歌手通常每天都會有大量的信件要回覆。

144

單字、音標	詞性、中文解釋、同義字、相關字、例句
☑ **main** [men]	形 主要的，重要的，最大的，總的　名 體力，力氣，力量，主要部分，要點 Their main meal is in the morning. 他們的主餐是在早上時用。
☑ **major** ['medʒɚ]	動 主修，專攻　形 較大的，較多的，主要的，主修的，嚴重的　名 成年人，長者，主課，專業，專業學生 She majors in Chinese in university. 她在大學裡主修中文。
☑ **make** [mek]	動 做，製造，作出，寫作，制定，訂立，成為，變成，安排　名 製造（法），構造，樣式 The toy is made in France. 這個玩具是在法國製造的。
☑ **man** [mæn]	名 男人，個人，（任何）人，人類，成年男子，男子漢，男子氣概，丈夫，情人 Any man can do that. 任何人都能做那件事。
☑ **manage** ['mænɪdʒ]	動 管理，處理，經營，安排，運用，操縱，控制 They know how to manage her when she is angry. 他們知道當她生氣時，應怎樣安撫她。
☑ **manner** ['mænɚ]	名 方式，(pl) 禮貌，規矩，態度，舉止，習慣，風俗 Your manner showed your frankness. 你的態度說明了你的坦率。

M

Chapter 13　**M**

單字、音標	詞性、中文解釋、同義字、相關字、例句
☐ **manufacture** [͵mænjəˈfæktʃ⋅]	動 製造，加工，粗製濫造，捏造，虛構　名（大量）製造 Most of the countries sell manufactured goods abroad. 大部分國家把製成品銷到國外。
☐ **many** [ˈmɛnɪ]	形 許多的，多的　代 許多人，許多，多數 How many people will come to our dinner? 有多少人要來參加我們的餐會？
☐ **map** [mæp]	名 地圖，天體圖，圖 There is a map of the world in our classroom. 在我們的教室裡有一張世界地圖。
☐ **march** [mɑrtʃ]	動 行進，行軍，走過，通過，進行　名 行進，行軍，步伐，進行，長途跋涉，進行曲 The troops will march against the enemy in the dark. 軍隊在黑暗中向敵軍進攻。
☐ **mark** [mɑrk]	名 痕跡，斑點，記號，符號，標記，特徵，目標，標準 Her hands left marks all over the table. 她的手在桌子上到處留下手印。
☐ **market** [ˈmɑrkɪt]	名 市場，商業中心，市集日，食品店，市況，行情，市價，銷路，需要　動 銷售，購買 Do you want her to bring something from the market for you? 需要她從市場給你帶點什麼回來嗎？

單字、音標	詞性、中文解釋、同義字、相關字、例句

☐ **marriage**
['mærɪdʒ]

名 結婚，婚姻，結婚生活，結婚儀式，婚禮，密切結合

Mary never wants marriage.
瑪麗從不想結婚。

☐ **mass**
[mæs]

名 塊，團，堆，片，群，眾多，大量，大宗，群眾，民眾，大部分　形 群眾的，民眾的，群眾性的，大量的，大規模的　動 集中，聚集，集聚起來

The mass of the truck is 2 tons.
這輛貨車的總重量是 2 公噸。

☐ **master**
['mæstɚ]

名 主人，戶長，雇主，船長，獲勝者，教師，院長，碩士，長官

The beautiful painting is an old master.
這幅美麗的畫是古代名畫家的作品。

☐ **match**
[mætʃ]

動 使較量，使比賽，敵得過，比得上，和…相配，使結婚，相配，結婚　名 火柴，導火線，火繩，比賽，競賽，對手，敵手

None can match her in skill.
論技術，誰也比不上她。

☐ **material**
[mə'tɪrɪəl]

名 材料，原料，質料，素材，題材，資料，織品，(pl) 用具，設備　形 物質的，實體的，有形的，身體上的，物欲的

She wants to go to libraries to collect material for a report.
她要去圖書館收集資料寫報告。

☐ **matter**
['mætɚ]

名 實質，物質，物品，文件，郵件，事情，問題，毛病
動 有關係，要緊

What's the matter with you?
你怎麼啦？

單字、音標	詞性、中文解釋、同義字、相關字、例句
☑ **may** [me]	匯 可能，可以，願，欲，祝，會，究竟，能夠 图 五月，青春，壯年 May I ask a question? 我可以問一個問題嗎？
☑ **meal** [mil]	图 膳食，一餐，一頓，進餐　勔 進餐　形 mealy 粉狀的，含粉的，撒上粉的 We should keep the balance of nutrition for three meals every day. 每日三餐的營養要均衡。
☑ **mean** [min]	勔 表示…的意思，作…解釋，意指，意味著，就是，打算，懷著，預定 He means that it is impossible. 他的意思說這是不可能的。
☑ **measure** ['mɛʒɚ]	勔 量，測量，計量，（按量）配給，分派，打量，估量，衡量 Both women measured each other. 兩個女人互相打量了一番。
☑ **meat** [mit]	图 食用部分，內容，實質，要點，肉，餐，愛好，特長 There's not much meat on that little pig. 那隻小豬沒多少肉。
☑ **meet** [mit]	勔 遇見，與…相遇，碰上，認識，會見，會談，迎接，滿足，符合，對付，相會，相識，接合，會合，交戰，聚會，開會　图 集會，會 She feels very glad to meet her old friend at the gate of the department. 她很高興在百貨公司門口遇到了以前的老朋友。

單字、音標	詞性、中文解釋、同義字、相關字、例句
☐ **melt** [mɛlt]	動 融化，熔化，消散，消失，軟化 The snow soon melted in the morning sun. 在晨曦照射下，雪很快融化了。
☐ **member** ['mɛmbɚ]	名（團體、組織等的）成員，一份子，議員，部分 There are fifty members in the committee. 這個委員會有五十個成員。
☐ **memory** ['mɛmərɪ]	名 記憶，記憶力，回憶，留在記憶中的人，紀念 She is a woman of long memory. 她是一個記性很好的人。
☐ **mention** ['mɛnʃən]	動 提到，說起，述及，提名表揚　名 提及，說起，述及，提名表揚 Don't mention the terrible story before the children. 不要在孩子面前提這個恐怖故事。
☐ **merchant** ['mɝtʃənt]	名 商人，零售商，迷於…的人，好…的人 動 經營，買賣　形 商人的，商業的，商船的 She will introduce a merchant to you at the party. 她會在宴會中介紹一位商人給你認識。
☐ **mere** [mɪr]	形 僅僅的，只不過的，純粹的　名 池塘 A mere one mile isn't too far to run. 屈屈一哩路，跑起來不算太長。

單字、音標	詞性、中文解釋、同義字、相關字、例句
☑ **merry** ['mɛrɪ]	形 樂觀的，愉快的，興高采烈的，輕快的 Tony's merry joke broke the ice in the room. 東尼逗趣的笑話使屋子裡的氣氛一下活絡起來。
☑ **message** ['mɛsɪdʒ]	名 電文，通訊，消息，音信，（總統等的）咨文，啟示，教訓　動 通知，發信號傳達，同…通訊聯繫 Would you leave a message for her? 你想給她留個話嗎？
☑ **metal** ['mɛtl]	名 金屬，鋪路用之碎石，質料，本質，金屬合金，(pl) 軌道　動 用金屬包，用碎石鋪路 Copper and silver are both metals. 銅和銀都是金屬。
☑ **method** ['mɛθəd]	名 方法，辦法，法，條理，秩序 Good methods of studying are the key for making good achievements. 好的讀書方法是取得好成績的關鍵所在。
☑ **middle** ['mɪdl]	形 中間的，當中的，中部的，中等的，中級的 名 中間，中部，當中，身體的中部，腰部，中間物，中間派 My mother planted many trees in the middle of the garden. 我媽媽在園子的中間種了許多樹。
☑ **might** [maɪt]	助 可能，也許，可以，會，能，請，應該 名 力量，威力，能力，強權，勢力，大量，很多 Jack asked whether he might leave it with Mary. 傑克問他是否可以把東西留給瑪麗。

單字、音標	詞性、中文解釋、同義字、相關字、例句
☐ **mile** [maɪl]	名 哩，海哩，較大的距離 He was very tired after a two mile walk. 走了二哩路後，他感到很疲倦。
☐ **military** [ˈmɪləˌtɛrɪ]	形 軍事的，軍用的，軍人的，軍隊的，陸軍的 名（總稱）武裝部隊，軍方，陸軍，軍人 Did you have military training when you were in university? 你上大學時有沒有受過軍訓？
☐ **milk** [mɪlk]	名 乳，乳狀物，牛奶　動 擠…的奶，擠（奶），壓，搾，搾取，套出（消息等），出奶 He likes to drink fresh milk for his dinner. 他晚餐喜歡喝新鮮牛奶。
☐ **mill** [mɪl]	名 磨坊，麵粉廠，製造廠，工廠　動 碾磨，碾碎，磨出 There is a cotton mill across the road. 馬路的對面有一座棉紡廠。
☐ **million** [ˈmɪljən]	名 百萬，百萬個（人或物），百萬元 There was a new foreign investment of three million dollars last year. 去年有三百萬美元的外商投資。
☐ **mind** [maɪnd]	名 頭腦，精神，見解，記憶，心理，心情，理智，智力 動 注意，留心，專心於，從事，關心 His mind is filled with dreams of becoming a great writer. 他滿腦子做大作家的夢想。

單字、音標	詞性、中文解釋、同義字、相關字、例句
☑ **minister** [ˈmɪnɪstə]	名 牧師，部長，公使，大臣，代理者，執行者 動 伺候，照顧，給予幫助 The minister is loved by the whole nation for his righteousness. 這位部長因為人正直而受到全國人民的愛戴。
☑ **minute** [ˈmɪnɪt]	名 分，一會兒，片刻，瞬間，備忘錄，筆記，底稿 動 記錄，摘錄，將…製成備忘錄　形 微小的，微細的，不足道的，詳細的，細緻的，精密的 There are five minutes left for the lesson. 離上課時間只有五分鐘了。
☑ **miss** [mɪs]	動 未擊中，未得到，未達到，錯過，逃脫，免於，省去 名 小姐，小女孩，姑娘，小女學生 She must have missed the message for her on the desk. 她一定沒有看到桌子上留給她的便條。
☑ **mistake** [məˈstek]	動 誤解，弄錯，把…錯認，挑選錯，估計錯 名 錯誤，過失 She mistook me for my brother. 她把我錯當我的弟弟了。
☑ **mix** [mɪks]	動 摻合，調製，配製，混淆，搞混，相溶合，交往，交遊，發生牽連，參與　名 混合，摻合，混合物，拌合物，糊塗，迷惑，調製食品 Mix up sugar, flour and milk powder together, then you can begin to make biscuits. 把糖、麵粉和奶粉攪勻後，你就可以開始做餅乾了。
☑ **model** [ˈmɑdl]	名 模型，模範，典型，模特兒，樣式　動 做…的模型，按模型製作，做模型，做模特兒 He spent 32,000 on a latest model of the motorcycle. 他花了三萬二千元買一輛最新款式的機車。

152

單字、音標	詞性、中文解釋、同義字、相關字、例句
☑ **modern** ['mɑdɚn]	形 現代的，近代的，新式的 名 現代人，近代人，現代派的人 Her clothes are as modern as her granddaughters. 她像她的孫女們一樣穿著時髦。
☑ **moment** ['momənt]	名 片刻，瞬間，剎那，時刻，重要，重大，要素，階段 Mary came to help me at the critical moment. 瑪麗在緊要關頭幫助了我。
☑ **money** ['mʌnɪ]	名 貨幣，金錢，財富，財產，(pl) 金額，富翁，金融界 He usually goes to work on foot in order to save money. 他為了省錢，常常走路上班。
☑ **month** [mʌnθ]	名 月，一個月的時間 Today I met my old friend who is in her fifth month of pregnancy. 今天我碰見我的老朋友，她現在已懷孕五個月了。
☑ **moon** [mun]	名 月球，月亮，月光，月狀物 動 閒蕩，出神，呆看，虛度 He escaped from the prison at a night without the light of the moon. 他在一個沒有月光的晚上逃出了監獄。
☑ **moral** ['mɔrəl]	形 道德(上)的，合乎道德的，有道德的 名 道德上的教訓，寓意，(pl) 道德，倫理， He is a man without moral sense. 他是一個沒有道德感的人。

單字、音標	詞性、中文解釋、同義字、相關字、例句
☐ **more** [mor]	代 更多的數量，較多的數量　形 更多的，較多的，另外的，附加的　副 更多，更，倒，倒不如說，另外，再，而且 What more do you want? 你還需要一些什麼嗎？
☐ **morning** ['mɔrnɪŋ]	名 早晨，上午，黎明，初期，早期 He always wakes up at seven o'lock in the morning. 他總是在早上七點鐘時醒來。
☐ **most** [most]	形 最多的，多數的，大部分的，多半的 名 最大量，最多數，大多數，大部分，大多數人 副 最，極，很，十分，差不多，幾乎 I believe most people in the society are kind hearted. 我相信社會上大部分的人是善良的。
☐ **mother** ['mʌðɚ]	名 母親，媽媽，母愛，女主管人，保母，根由 Failure is the mother of success. 失敗是成功之母。
☐ **motion** ['moʃən]	名 運動，手勢，眼色，動作，姿態，動機，意向，提議 動 打手勢 The bus was already in motion when Jack jumped on. 傑克才跳上去，公車就已經開動了。
☐ **motor** ['motɚ]	名 原動力，發動機，內燃機，電動機，馬達，機動車，汽車 That grass-cutting machine is driven by an electric motor. 那部割草機是由一個電力馬達推動。

單字、音標	詞性、中文解釋、同義字、相關字、例句
☑ **mount** [maʊnt]	動 登，爬上，騎上馬，增長，上升 名 土石堆，爬上，騎馬，坐騎，底座，支架 With our efforts the sales volume mounted up. 在我們的努力下，營業額上升了。
☑ **mountain** [ˈmaʊntn̩]	名 山，(pl) 山脈，大堆，大量 Her favorite is to climb mountains on Saturday. 她的嗜好是在週末裡去爬山。
☑ **mouth** [maʊθ]	名 口，槍口，話，代言人　動 說出，誇大地說話，誇口 Fallen rocks blocked the mouth of the volcano. 落石封住了火山口。
☑ **move** [muv]	動 移動，開動，離開，動身，前進，運行，搖動，搬家，提議，申請，行動　名 動，移動，遷移，搬家 Jack's story moved her to tears. 傑克的故事讓她感動得流淚。
☑ **much** [mʌtʃ]	副 非常，很，…多，更…，常常，好久，差不多，幾乎 形 許多，多，大量的，非常好的 Do you go to the park much? 你常去公園嗎？
☑ **murmur** [ˈmɝmɚ]	動 咕噥，低聲抱怨，低聲說　名 咕噥，怨言，低語聲，吱喳聲 Tony murmured to himself that it must have been a misunderstanding. 東尼自言自語道，這一定是個誤會。

單字、音標	詞性、中文解釋、同義字、相關字、例句
☑ **music** [ˈmjuzɪk]	图 音樂，樂曲，樂譜 The music is Beethoven's 5th Symphony. 這樂曲是貝多芬的第五交響曲。
☑ **must** [mʌst]	助 必須，應當，必然要，一定要，想必 形 絕對必要的 She must recognize her responsibility in that matter. 她應該了解她對那件事的責任。

單字、音標	詞性、中文解釋、同義字、相關字、例句
☑ **nail** [nel]	動 釘，使固定，集中於，揭露，揭穿 图 指甲，爪，釘 My teacher helped me to nail a notice on the bulletin board. 老師幫我把通知釘在布告欄上。
☑ **name** [nem]	图 名字，姓，姓名，名稱，名義，名聲 She is his wife who exists in name only. 她只是他名義上的妻子而已。
☑ **narrow** [ˈnæro]	形 狹的，狹窄的，眼光短淺的，有偏見的，勉強的，精細的 動 變狹，收縮，（眼睛）瞇成一條縫 The gate is too narrow for a car, they'll have to walk through. 這大門太窄，車子過不了，他們得步行過去。
☑ **nation** [ˈneʃən]	图 民族，國家，國民，部落，部落的聯盟 The president spoke on TV to the nation. 總統對全國做電視演說。

單字、音標	詞性、中文解釋、同義字、相關字、例句
☑ **native** [ˈnetɪv]	形 出生的，出生地的，本土的，本國的，天生的，天然的 名 本地人，本國人，土人，土著 Chinese is his native language. 中文是他的母語。
☑ **nature** [ˈnetʃɚ]	名 自然，大自然，自然力，本性，性格 Violating the law of nature would be punished by nature. 違反大自然的規律必將受到大自然的懲罰。
☑ **near** [nɪr]	介 接近，靠近　副 接近，近，差不多，幾乎，親近地，節儉地　形 近的，接近的，近似的，親密的　動 接近，走近，駛近 His home is near our school. 他家在我們學校附近。
☑ **necessary** [ˈnɛsəˌsɛrɪ]	形 必要的，必需的，必然的，強制的，非做不可的 名 (pl) 必需品，必需的錢，必須做的事 Death is the necessary end of life. 死亡是生命必然的終點。
☑ **neck** [nɛk]	名 頸，脖子，（衣服的）領圈　動 接吻，受擾，收縮，縮小 Tony's shirt is blotted on the neck by Mary's lipstick. 東尼的襯衫領子被瑪麗的口紅弄髒了。
☑ **need** [nid]	名 必須，必要，困窘，危急　動 需要，必須 There is no need for her to come. 不需要她來。

單字、音標	詞性、中文解釋、同義字、相關字、例句
☑ **needle** ['nid!]	名 針，縫針，注射針，指針，磁針　動 用針縫，刺激，煽動，戲弄 The needle of the compass shows that they're facing south. 羅盤上的指針顯示他們面向南。
☑ **neighbor** ['nebɚ]	名 鄰居，鄰人，鄰座，鄰圍，鄰接的東西，世人 形 鄰接的，鄰近的　動 鄰近，鄰接，與…結鄰 He keeps good relations with his neighbors. 他的鄰里關係很好。
☑ **neither** ['niðɚ]	代 (兩者的)兩者都不…　形 既非此又非彼，(兩者)都不的　副 不…也不…，沒有…也沒有… Neither of them knows this accident. 他們兩個都不知道這個意外事件。
☑ **nest** [nɛst]	名 巢，窩，穴，安逸的處所，住所，家　動 築巢，巢居，找鳥巢，摸鳥蛋 They built themselves a comfortable nest. 他們共築了一個安樂窩。
☑ **net** [nɛt]	動 用網覆蓋，抓住，淨得，淨賺，得到　名 網狀物，網，通信網，淨數，淨重，淨利，要點 形 純淨的，基本的，最後的 Mary's netted herself a rich husband. 瑪麗釣到一個富有的丈夫。
☑ **never** ['nɛvɚ]	副 永不，絕不，從來沒有，不，沒有 Never has he met such a strange boy. 他從未見過這麼奇怪的男孩。

單字、音標	詞性、中文解釋、同義字、相關字、例句

☑ **new**
[nu]

形 新的，新就任的，新發現的　副 新，最近
名 新的東西，新

The prisoner was released and a new life was beginning for him.
這個囚犯被釋放了，新生活正等著他。

☑ **news**
[nuz]

名 新聞，消息，新聞報導

A lot of news about the traffic accident is broadcast on TV.
大量關於交通事故的新聞在電視上播出。

☑ **next**
[nɛkst]

副 其次，然後，貼近，下次　形 緊接的，最近的，其次的，隔壁的

Her house stands next to him.
她家就在他家隔壁。

☑ **nice**
[naɪs]

形 美好的，合宜的，友好的，有教養的，細微的

The weather is so nice, let's go for a picnic.
天氣這麼好，我們出去野餐吧。

☑ **night**
[naɪt]

名 夜，夜間，黑夜，黑暗，夜晚的活動，死亡

They saw the play on the second night.
他們是在這齣戲上演的第二晚去看的。

☑ **nine**
[naɪn]

形 九的，九個的，九人的　名 九，九個人或物，九歲，九點鐘，九個人一組

Nine people sat at the big table.
九個人圍坐著這一張大桌子。

單字、音標	詞性、中文解釋、同義字、相關字、例句
☑ **no** [no]	形 沒有,很少,很小,並非,沒有,不要,不可能 副 並不,毫不,不,不是,不,並非 No news is good news. 沒有消息就是好消息。
☑ **noble** ['nobḷ]	形 貴族的,顯貴的,高尚的,壯麗的,宏偉的,極好的 名 貴族 She is born of an English noble family. 她出生於一個英國貴族家庭。
☑ **nobody** ['no,bɑdɪ]	代 沒有人,無一人　名 無足輕重的人,小人物 Tony said he loved nobody but me. 東尼說除了我以外,他誰都不愛。
☑ **nod** [nɑd]	動 點(頭),點頭表示,向…點頭示意 名 點頭,打盹,瞌睡,上下擺動,同意 The baby sat nodding by the mother's side. 嬰兒坐在母親旁邊打瞌睡。
☑ **noise** [nɔɪz]	名 喧鬧聲,嘈雜聲,響聲,不尋常的聲音,噪音,雜音 動 謠傳 Mother asked her children not to make noise while she was sleeping. 媽媽叫孩子們不要在她睡覺時吵鬧。
☑ **none** [nʌn]	代 沒有人,沒有任何東西,…中任何一個人(或任何事物、任何部分)都不　形 沒有的　副 一點也不 None of them will go to see the movies. 他們中沒有一個要去看電影。

單字、音標	詞性、中文解釋、同義字、相關字、例句
☐ **noon** [nun]	名 中午，正午，最高點，全盛期　動 午休，歇息進午餐，達最高點 He will arrive at home at about noon. 他大概在中午十二點時到家。
☐ **north** [nɔrθ]	名 北，北方，北部，地球的北部 Japan is north of the Philippines. 日本在菲律賓的北面。
☐ **nose** [noz]	名 鼻子，嗅覺，聞，氣味　動 聞出，探出，偵察出，用鼻子嗅　動 嗅，聞，探聽，干涉 The hound has a good nose. 獵狗的嗅覺靈敏。
☐ **note** [not]	名 摘記，筆記，注意，評論，短箋，便條，票據 He left a note to tell her to attend the meeting tonight. 他留下條子，通知她參加今晚的會議。
☐ **nothing** ['nʌθɪŋ]	代 沒有東西，沒有什麼，不存在，微不足道的事物（或人），一點也不 Mary has nothing to worry about with Tony. 對於東尼，瑪麗沒有什麼好擔心的。
☐ **notice** ['notɪs]	名 注意，警告，標記，招牌，通告，布告，通知 動 注意，注意到，通知，提到，評論，介紹，招呼，客氣對待 Her writings brought her into public notice. 她的文章引起大眾對她的注意。

單字、音標	詞性、中文解釋、同義字、相關字、例句
☐ **now** [naʊ]	副 現在，此刻，直到現在，立刻，於是，然後，當時 名 現在　連 既然，由於　形 現在的，現任的 This work must be done now, tomorrow will be late. 這工作必須馬上做，明天就太晚了。
☐ **number** ['nʌmbɚ]	名 數，數字，號碼，⋯號，期，冊，數目，一群人 動 給⋯編號，達⋯之數，總計，把⋯算作，計算，數 形 numerable 可數的，可計數的 Can you remember my telephone number? 你記得我的電話號碼嗎？
☐ **nurse** [nɝs]	名 保姆，保育員，護士，看護，養育者　動 給（嬰孩）餵奶，帶養，看顧，護理，培養，培育 She has a private nurse who visits her once a day at home. 她有一個每天到家拜訪她一次的家庭護士。
☐ **nut** [nʌt]	名 堅果，胡桃，堅果仁，難事，難題，難對付的人，腦袋，瘋子，傻瓜　動 拾堅果 What a nut she is: she always holds a book upside down to read it. 她神經怪怪的，書老是倒拿著看。

Chapter 15　O　　　　　　　　　　　　MP3-16

單字、音標	詞性、中文解釋、同義字、相關字、例句
☐ **oak** [ok]	名 橡樹　形 oaken 橡木製的 The furniture in her room is made of oak. 她房間的家具都是橡木製的。
☐ **oar** [ɔr]	名 槳，櫓，划手，槳手，槳狀器官（如翼、鰭等） 動 划，划動 We pulled on the oars to make the boat go faster. 我們用力划槳讓船划得更快。

單字、音標	詞性、中文解釋、同義字、相關字、例句
☑ **obey** [o'be]	動 服從，順從，聽從，執行，按照…行動 形 obedient 服從的，順從的，恭順的 Obey the law or you will be punished. 遵守法律否則你就會受到處罰。
☑ **object** [əb'dʒɛkt]	動 ['abdʒɪkt] 反對，抗議，抱持反感，不贊成 名 [əb'dʒɛkt] 物體，對象，目的 I objected his proposal that the meeting would be put off. 我反對他將會議延期的建議。
☑ **observe** [əb'zɜv]	動 遵守，奉行，紀念，慶祝，看到，注意，注意到，監視，觀察，說，評述，評論 He was observed entering the bank. 別人看見他進入銀行。
☑ **obtain** [əb'ten]	動 獲得，得到，買到 She always dressed in fashions in order to obtain other's attention. 為了引起旁人的注意，她常常穿著時髦。
☑ **occasion** [ə'keʒən]	名 場合，時刻，時機，誘因，理由，必需 動 引起 On that occasion he was not at school. 那時他不在學校。
☑ **occupy** ['ɑkjə,paɪ]	動 占領，占據，占，占有，占用，住，處於，擔任，使忙碌，使從事 My books occupy a lot of space in my room. 我的房間被書占去了不少地方。

單字、音標	詞性、中文解釋、同義字、相關字、例句
☑ **occur** [əˋkɝ]	🔲 發生，出現，存在，被想到 A good idea occurred to me. 我想到了一個好主意。
☑ **ocean** [ˋoʃən]	🔲 海洋，洋，(pl) 大量，許多 There is an ocean of things for him to arrange. 他有很多事情要安排。
☑ **offer** [ˋɔfɚ]	🔲 提出，貢獻，試圖，出（價），開（價），呈現出 🔲 提供，提議，意圖，想做，求婚 He offered one million dollars for that villa located by the sea. 他出價一百萬美元買那幢位於海邊的別墅。
☑ **office** [ˋɔfɪs]	🔲 辦公室，事務所，診所，處，局，社，行，公司，公職，官職，職責，官員，行政人員，高級職員 Mary's office is next to him. 瑪麗的辦公室在他的隔壁。
☑ **often** [ˋɔfən]	🔲 經常，常常 She often visits her friends in countryside on holidays. 她經常在假日去鄉下看朋友。
☑ **oil** [ɔɪl]	🔲 油，油類，石油，油畫顏料，油畫作品 🔲 加油於，給…加潤滑油，使塗滿油 Her bicycle needs some oil. 她的腳踏車該加點油了。

單字、音標	詞性、中文解釋、同義字、相關字、例句
☐ **old** [old]	形 年老的，年代久的，古老的，古時的，…歲的，舊時的，過去的　名 古時，舊時，…歲 The building is one hundred years old. 這棟大廈已有一百年的歷史。
☐ **once** [wʌns]	副 一次，曾經，以前，一次也（不…），完全（不…），一旦　連 一旦…（就…）　名 一次　形 從前的 Mary once knew John, but they are no longer friends. 瑪麗以前認識約翰，但他們不再是朋友了。
☐ **one** [wʌn]	代 一個（任何）人，本人，一個，這一個　名 一，一個（人或物），第一（卷、章）　形 一致的，同一的，完整的，一體的，唯一的，單獨一個的，這一 One of the girls has shot herself. 其中一個女孩射傷了自己。
☐ **only** ['onlɪ]	形 唯一的，最好的，獨一無二的　副 只，僅僅，才，反而，結果卻，不料　連 而是，不過 Jack is the only person for the plan. 傑克是唯一適合這項計劃的人選。
☐ **open** ['opən]	形 開（著）的，開闊的，營業著的，開放的，公開的 動（打）開，張開，展開，開放，開始，開立，開設，開發，開闢 The store is open from 10 a.m. to 8 p.m. 這家商店從早上十點營業到下午八點。
☐ **operation** [ˌɑpə'reʃən]	名 操作，工作，運轉（方式），作用，效力，（外科）手術 James performed an operation on a patient with appendicitis yesterday. 詹姆士昨天為一個病人進行割除盲腸的手術。

O

Chapter 15 **O**

單字、音標	詞性、中文解釋、同義字、相關字、例句
☐ **opinion** [əˈpɪnjən]	名 意見，見解，看法，主張，評價，簽定，判定 Their opinions are always based on facts. 他們的看法總是有事實根據。
☐ **opportunity** [ˌɑpəˈtjunətɪ]	名 機會，良機 Not everyone has the opportunity to see the famous movie. 並不是每個人都有機會看到這部名片。
☐ **oppose** [əˈpoz]	動 反對，反抗，使相對，使對抗 He is opposed to this plan. 他反對那個計劃。
☐ **orange** [ˈɔrɪndʒ]	名 橘，柑，橘樹，橙色，赤黃色　形 橘(柑、橙)的，橙色的，橘色的，赤黃色的 He gave me an orange to eat after lunch. 午飯後，他拿了一個橘子給我吃。
☐ **order** [ˈɔrdə]	名 次序，順序，有條理，整齊，秩序，程序，(pl) 命令 動 整理，安排，命令，指令，訂購，任命 He is in charge of keeping orders of the meeting. 他負責維持會場的秩序。
☐ **ordinary** [ˈɔrdnˌɛrɪ]	形 普通的，平常的，平凡的，差勁的 Though Mary is a boss of the big company, she is in ordinary dress. 雖然瑪麗是一家大公司的老闆，但她的穿著很普通。

單字、音標	詞性、中文解釋、同義字、相關字、例句

☐ **organization**
[ˌɔrgənaɪˈzeʃən]

名 組織，機構，體制，團體

The organization of a large-scale garden party takes much time.
組織一次大規模的花園招待會要花很多時間。

☐ **original**
[əˈrɪdʒənl]

形 最初的，最早的，原始的，有獨創性的，原作品的

He has read the original edition of this famous novel.
他看過這本著名小說的原版。

☐ **other**
[ˈʌðɚ]

形 其他的，（兩個中）另一，其餘的，第二的　代(pl) 其他的人，另一個人（物）　副 另外地，不同地，另外，別樣，在其他方面，要不然，否則

Do you have any other suggestions?
你還有其他的建議嗎？

☐ **ourselves**
[aʊrˈsɛlvz]

代 我們自己，我們親自，我們自己，我們的正常情況（健康）

Don't worry about us, we can solve the problem by ourselves.
不要為我們擔心，我們自己能解決這個問題。

☐ **out**
[aʊt]

副 外出地，在外地，向外地，消失地，在外面　形 外邊的，熄滅的，破的，露出的，錯誤的　動 現出，公布

Her article comes out in today's paper.
她的文章刊登在今天的報紙上。

☐ **outside**
[ˈaʊtˈsaɪd]

名 外部，外面，外側，外表，外觀，外界　形 外部的，外側的，表面的，外面的，外界的，最大限度的
副 向外面，在外面，向室外，在室外，向海上，外表上，外觀上

Don't judge a thing from the outside.
別以表面來判斷事情。

單字、音標	詞性、中文解釋、同義字、相關字、例句
☑ **over** [ˈovɚ]	圖 再，翻倒，翻轉過來，(越)過，(越)出，在另一處，在那邊，全部地 介 在…上方，在…上面，高於…，在…之上，超過，越過… His sums were wrong and he had to do them over. 他計算錯了，必須再做一遍。
☑ **own** [on]	形 自己的，特有的，嫡親的 圖 有，擁有，承認，順受，服從 He is surprised to hear that the mother killed her own daughter herself. 他聽到這位母親親手殺死自己女兒的消息時，感到很驚訝。

Chapter 16 **P** **MP3-17**

單字、音標	詞性、中文解釋、同義字、相關字、例句
☑ **pace** [pes]	名 (一) 步，步度，步速，速度，進度，步態，步調，流暢 圖 踱步，慢慢地走 She stands three paces behind him. 她站在他後面三步遠的地方。
☑ **pack** [pæk]	圖 捆紮，包裝，把…打包 (或裝箱等)，擠滿，裝滿，填塞，配有，備有 名 包，捆，包裹，小包，小盒，大量，大堆，一群，包裝，包裝法 The train is packed with people during rush hour. 在上、下班尖峰時間裡，火車上都擠滿了人。
☑ **page** [pedʒ]	名 頁，(pl) 紀錄，事件，插曲，專頁，專欄，小聽差，侍者 圖 標記…的頁數，給…標頁碼，給…當聽差，侍候 He has torn a page out of that book. 他把那本書撕下了一頁。
☑ **pain** [pen]	名 痛，疼痛，痛苦，(pl) 辛苦，刻苦，努力，懲罰 圖 作痛，覺得痛 It gave him much pain to learn of the sad news. 他聽到這不幸的消息十分悲痛。

單字、音標	詞性、中文解釋、同義字、相關字、例句
☐ **paint** [pent]	動 畫，繪，描寫，描繪，油漆，著色於，刷（標語等） 名 塗漆，繪畫作品，顏料，油漆，塗料，胭脂 I painted my daughter's room pink. 我將女兒的房間塗成粉紅色。
☐ **pair** [pɛr]	名 一對，一雙，一對夫婦，搭擋　動 成對，配對，合作， 配合，組成對，分成對，結婚 His friend brought him a new pair of shoes from France. 他的朋友從法國帶回一雙新鞋給他。
☐ **palace** ['pælɪs]	名 宮，宮殿，宏偉的建築物，華麗的公共娛樂場所 Her home is a palace compared to your poor little house. 比起你簡陋的小房子，她的家簡直是宮殿。
☐ **paper** ['pepɚ]	名 紙，文章，論文，書面作業，報紙，證券，票據，紙巾， 入場券　形 紙做的，硬紙板做的，紙上的，名義上的， 文書的　動 用紙包裝，用紙裱糊，彌補，掩飾，用文字描 繪 He wants a blank sheet of paper for writing. 他要一張白紙來寫字。
☐ **parent** ['pɛrənt]	名 父親，母親，(pl) 雙親，祖先，原因，母親，起源，根 源 Mary was brought up by her elder sister after her parents were both dead. 瑪麗的父母死後，她由姐姐帶大。
☐ **park** [pɑrk]	動 停放，寄放，留放，擱置 名 公園，公共遊憩場，（汽車）停車場，園林 He parked his car by the street. 他把車停在街道邊。

單字、音標	詞性、中文解釋、同義字、相關字、例句
☐ **part** [pɑrt]	名一部分，部分，局部，…分之一，職責，份兒，作用，角色，地區，分部，部位　動分，使分開，斷絕（關係，聯繫），區別，辨別 This part of the country is warmer than the rest. 這個國家的這一個地區比其他地區來得溫暖。
☐ **particular** [pəˈtɪkjələ]	形特殊的，特定的，（人）個別的，特指的，特有的，異常的 Do you have any particular reason for your advice? 你能說說你的提議有什麼特殊理由嗎？
☐ **party** [ˈpɑrtɪ]	名黨，黨派，政黨，黨派活動，當事人，參與者，一批，一組聚會　動舉行，（或參加）社交聚會 A party of students is going to Japan. 有一個學生團體將要到日本去。
☐ **pass** [pæs]	動經過，穿過，越過，超過，通過，度過，超出，傳達，流通　名穿過，經過，關口，要隘，海峽，情況，狀況，及格，入場證，護照 Will you please pass me a cup of tea? 請遞給我一杯茶，好嗎？
☐ **passion** [ˈpæʃən]	名激情，熱情，(pl) 感情，愛好，熱愛，戀愛，情欲，大怒，激怒 The poet expressed her burning passion for the man she loved. 詩人表達了她對愛人的熱情。
☐ **past** [pæst]	形過去的，剛過去的，前任的，曾任的　名過去，昔日，往事，經歷 That accident happened five years past. 那件意外發生在五年前。

單字、音標	詞性、中文解釋、同義字、相關字、例句
☐ **path** [pæθ]	名 路，小道，小徑，（公路旁）人行道，跑道，道路，途徑，路線，軌道 Taking that path will make me arrive earlier. 走那條小路會讓我提早到達。
☐ **patient** ['peʃənt]	名 病人，（美容院的）顧客　形 忍耐的，容忍的，有忍耐力的，有耐心的，堅韌的 Tony explained to the patient's family what kind of disease he has. 東尼向病人的家屬解釋病人得的是什麼病。
☐ **pattern** ['pætən]	名 模範，榜樣，典範，型，式樣，模型，圖樣，方式，格局　動 仿造，以圖案裝飾，模仿 He likes the geometrical pattern on the carpet in his sitting-room. 他喜歡他家起居室地毯上的幾何圖案。
☐ **pause** [pɔz]	名 中止，暫停，停頓符號　動 中止，停頓，停留，暫停 He read through the novel without pause. 他一口氣讀完了這本小說。
☐ **pay** [pe]	動 支付，付清，繳納，付給（某人），給…以報酬，償還，補償，付款，償還，付出代價，得到報應，有利，合算 Have you paid for the bill? 你付過帳了嗎？
☐ **peace** [pis]	名 和平，和約，和睦，和好，平靜，寂靜 動 安靜下來 Her words disturbed my inward peace. 她的話擾亂了我內心的平靜。

單字、音標	詞性、中文解釋、同義字、相關字、例句
☑ **pen** [pɛn]	名 筆，筆桿，筆尖，筆調，筆法，寫作，作家 動 寫，把…關起來 She lives by her pen. 她以寫作為生。
☑ **pencil** ['pɛnsl̩]	名 鉛筆，小畫筆，筆調，筆法，筆狀物 Should he sign this paper in pencil? 他能用鉛筆簽這份文件嗎？
☑ **penny** ['pɛnɪ]	名 便士（英國錢幣單位），分（美、加錢幣單位），一文錢 形 pennywise 省小錢的，小事聰明的 Please give him six pennies for his six pence. 請幫他把這個六便士的硬幣換成六個一便士的硬幣。
☑ **people** ['pipl̩]	名 人民，民族，種族，人，人類，人們，家族，親屬，公民，選民，平民，老百姓 All of the people think Mary is crazy. 所有的人都以為瑪麗瘋了。
☑ **percent** [pɚ'sɛnt]	名 每百之中，百分之…，百分率，利息一厘的證券 Output of steel has increased by twenty percent. 鋼的產量增加了 20%。
☑ **perfect** ['pɝfɪkt]	形 完美的，極好的，理想的，完全的，全然的，絕對的，精通的，正確的，精確的 She speaks perfect Japanese. 她說一口極好的日語。

單字、音標	詞性、中文解釋、同義字、相關字、例句
☐ **perform** [pəˈfɔrm]	動 履行,執行,完成,演出,表演,演奏 He performs a part in the play. 他在這齣戲劇中扮演一個角色。
☐ **perhaps** [pəˈhæps]	副 也許,可能,多半,大概　形 (pl) 假定,設想,尚屬疑問的事（或物） Perhaps Mary will come to meet me at the station. 也許瑪麗會來車站接我。
☐ **period** [ˈpɪrɪəd]	名 時期,時代,期間,周期,句號,結束,當時 I have five periods Today. 今天我有五節課。
☐ **permit** [pəˈmɪt]	動 允許,許可　名 許可,執照,許可證 His parents don't permit him to go out at night. 他父母不准他晚上外出。
☐ **person** [ˈpɝsn̩]	名 人,傢伙,人身,身體,容貌,外表,風度 No person may enter the room without permission. 沒有得到允許,誰也不准進房間。
☐ **piano** [pɪˈæno]	名 鋼琴　名 pianist 鋼琴家,鋼琴演奏者 Alice plays the piano very well. 愛麗絲鋼琴彈得很好。

單字、音標	詞性、中文解釋、同義字、相關字、例句
☐ **pick** [pɪk]	動鑿，掘，挖，採，摘，挑選，找 He picked out the rotten fruit from the basket. 他從籃子裡把腐爛的水果挑出來。
☐ **picture** ['pɪktʃɚ]	名畫，畫像，圖片，照片，美景　動畫，用圖表示，(生動地)描寫，描述，想像 His speech gives a wonderful picture to their brilliant future. 他的演講對他們的光明未來，做了一番極佳的描繪。
☐ **piece** [pis]	名碎片，部分，塊，片，段，件，匹，篇，幅 動修理，拼合，拼湊 Mary played three Japanese pieces in a row. 瑪麗一連演奏了三支日本樂曲。
☐ **pig** [pɪg]	名豬，小豬，野豬，警察，密探 She cursed her opponent calling him a pig. 她詛咒對手稱他為豬。
☐ **pile** [paɪl]	動堆積，積累，擁，擠，進　名堆，高大的建築物，大量，大數目，橋樁 We saw books piled up in his study. 我們看見他的書房裡堆滿了書。
☐ **pine** [paɪn]	動衰弱，憔悴，消瘦，渴望　名松樹，松木，鳳梨 He pined away after his wife died. 他太太死後，他變得憔悴了。

☑ **pipe**
[paɪp]

名 管子，號管，輸送管，嗓子，聲帶，管樂器，煙斗，歌聲

Tony sat down before the fire to enjoy his pipe.
東尼在火爐前坐下來，抽起一袋煙。

☑ **pity**
['pɪtɪ]

名 憐憫，同情，可惜的事，憾事　動 可憐，對…覺得可憐又可鄙

It is a pity you are too late to meet Mary.
真遺憾，你來得太遲，沒有見到瑪麗。

☑ **place**
[ples]

名 地方，地點，地位，身份，職位，名次
動 放置，安置，寄託，給予，任命，投資

It is not her place to make final decisions.
她無權做最後決定。

☑ **plain**
[plen]

形 清楚的，明白的，平易的，簡單的，清晰的，家常的，十足的，徹底的，平凡的　名 平原，曠野

It's quite plain that he doesn't pay attention.
顯然他一直沒有注意。

☑ **plan**
[plæn]

動 計劃，部署，設計，繪製…的平面圖
名 計劃，方案，打算，方法，時間表，平面圖

He is planning to learn Chinese next month.
他打算下個月開始學中文。

☑ **plane**
[plen]

名 平面，程度，水平，階段，飛機　形 平的，平坦的，平面的

The millionaire has a private jet plane.
這位百萬富翁擁有一架私人噴射機。

P

Chapter 16　**P**

單字、音標	詞性、中文解釋、同義字、相關字、例句
☐ **plant** [plænt]	名 植物，幼苗，生長，工廠，車間，全部設備 動 栽種，播種，栽培，灌輸，移植 May is the time to plant. 五月是種植的時候。
☐ **plate** [plet]	名 (金屬) 板，片，盆，碟，一道正菜，一頓飯菜 動 鍍，電鍍 The ring was only plated with silver. 這只戒指只是鍍銀的而已。
☐ **play** [ple]	動 參加，玩，與…比賽，扮演，彈奏，操作，利用 名 遊戲，消遣，玩笑，調戲，劇本，表演，運動 In many countries people like to play football. 在許多國家，人們喜歡踢足球。
☐ **pleasant** ['plɛznt]	形 令人愉快的，舒適的，合意的，外貌，悅人的 The office is pleasant to work in. 在這間辦公室工作很舒服。
☐ **please** [pliz]	動 滿意，中意，討人喜歡，討好，歡喜，願意，請 He is a difficult man to please. 他這個人真難討好。
☐ **plenty** ['plɛntɪ]	名 豐富，充足，大量　形 很多的，足夠的 They are in plenty of trouble. 他們遇到很多麻煩。

☑ **pocket**
['pɑkɪt']

名 小袋，錢袋，錢，財力　動 把…裝入袋內，封入，忍受，壓抑，阻撓

His pocket becomes full after several years' efforts.
他經過幾年的努力，經濟變得很充裕。

☑ **poem**
['poɪm']

名 詩，韻文，詩體

They like to read poems.
他們喜歡讀詩。

☑ **point**
[pɔɪnt]

名 點，小數點，標點，地點，時刻，分數，特點
動 指，指向，面向，表明，暗示

What's the point of your deeds?
你這樣做是什麼意思呢？

☑ **pole**
[pol]

名 桿，柱，電線桿，支柱，極，磁極　動 用桿支撐，用竿跳，用篙撐

It's very, very cold at the South Pole.
南極很冷很冷。

☑ **police**
[pə'lis']

名 警察當局，警察　動 警備，管轄，控制

Her brother is a police.
她哥哥是個警察。

☑ **political**
[pə'lɪtɪkl']

形 政治的，政治上的，黨派政治的

Many students in the university are political.
很多大學生對政治非常有興趣。

單字、音標	詞性、中文解釋、同義字、相關字、例句
☐ **pond** [pɑnd]	名 池塘　動 築成池塘 My father always goes fishing in a pond near my home. 我父親總是去家附近的池塘釣魚。
☐ **poor** [pʊr]	形 貧窮的，貧困的，貧乏的，缺少的，不好的 副 貧窮地，貧乏地，拙劣地，蹩腳地 She was too poor to buy clothes for herself. 她窮得沒錢給自己買衣服。
☐ **popular** [ˈpɑpjələ]	形 大眾的，通俗的，大眾化的，流行的，受歡迎的 副 通過民眾，通俗地，一般地 This song is popular with the young man. 這首歌很受年輕人喜愛。
☐ **population** [ˌpɑpjəˈleʃən]	名 人口，全體居民，全體，總數，聚居 The adult male population of the nation should take part in the army. 全國的成年男子都得從軍。
☐ **portion** [ˈporʃən]	名 一部分，一份，一客，一份遺產 Reading is a great portion of time in his every day life. 閱讀占去他每天生活的大部分時間。
☐ **position** [pəˈzɪʃən]	名 位置，方位，地位，身份，職位，職務，形勢，狀況 He made his position about the problem known during the meeting. 他在會議上對這個問題表明了立場。

單字、音標	詞性、中文解釋、同義字、相關字、例句
☑ **possession** [pəˈzɛʃən]	名 有，擁有，所有，所有權，占有，占有物，財產 The enemy took possession of the island. 敵人占據了那個島嶼。
☑ **possible** [ˈpɑsəbḷ]	形 可能的，可能存在的，潛在的，合理的 名 可能（性），潛在性 All the possible passages were locked to capture the criminals. 為了逮捕犯人，所有可能的通路都被封鎖了。
☑ **post** [post]	名 柱，樁，桿，郵寄，郵件，郵局，郵箱，崗位 動 貼出，貼在…上，宣布，公告，公布 動 投寄，郵寄，使熟悉，使了解 The notice was nailed to a post. 布告釘在柱子上。
☑ **potato** [pəˈteto]	名 馬鈴薯，土豆，薯 He is a small potato. 他是個微不足道的人。
☑ **pour** [por]	動 傾瀉，不斷流出，湧出，湧來，源源而來，下傾盆大雨 名 倒，傾瀉，灌注，傾盆大雨 Her tears poured down when she knew her daughter was dead. 當她得知女兒死亡的消息時，眼淚奪眶而出。
☑ **powder** [ˈpaudɚ]	名 粉，細粉，香粉，藥粉，火藥，炸藥　動 灑粉於，覆蓋，在…上擦粉，使成粉末 Tony stepped on the piece of chalk and crushed it into powder. 東尼踩到一枝粉筆，粉筆被踩得粉碎。

單字、音標	詞性、中文解釋、同義字、相關字、例句
☑ **power** [ˈpaʊɚ]	名 能力，機能，體力，力量，力，動力，電力，功率，權力，勢力，權限　動 賦與…動力 Mary claims to have the power to see the future. 瑪麗自稱能預知未來。
☑ **practice** [ˈpræktɪs]	動 實踐，練習，實習，訓練，慣常地進行 名 實踐，實際，實行，練習，實習，慣例，業務 She spends much time practicing in speaking French. 她花了許多時間在練習講法文上。
☑ **praise** [prez]	名 讚揚，表揚，(pl) 贊同，讚美的話　動 讚揚，表揚，歌頌，吹捧 This film received high praise from everyone. 這部影片得到大家的稱讚。
☑ **pray** [pre]	動 請求，懇求，祈求，請 He will pray to God for your safety. 他會祈求你平安。
☑ **precious** [ˈprɛʃəs]	形 寶貴的，珍貴的，十足的，大大的，過分講究的，矯揉造作的　副 很，非常 That beautiful painting is very precious. 那幅美麗的畫非常珍貴。
☑ **prefer** [prɪˈfɝ]	動 寧可，寧願，更喜歡，提出，推薦，介紹 They prefer that the plan should be fully discussed before being put into execution. 他們寧願在計劃實施前加以充分討論。

單字、音標	詞性、中文解釋、同義字、相關字、例句

☐ **prepare**
[prɪ'pɛr]

動 準備,預備,籌備,訓練,配備,裝備,做出

Please prepare the table for lunch.
請擺好桌子吃午餐。

☐ **present**
['prɛzn̩t]

動 [prɪ'zɛnt] 介紹,引見,贈送,給予,提出,描述,上演　形 ['prɛzn̩t] 現在的,現有的,出席的,在座的
名 ['prɛzn̩t] 現在,禮物,贈送物

The characters in the story are vividly presented.
這些人物在故事中被描寫得很生動。

☐ **preserve**
[prɪ'zɝv]

動 保護,防護,維護,維持,保存,保藏,防腐,做蜜餞

Salt preserves food from decay.
鹽能防止食物腐爛。

☐ **president**
['prɛzədənt]

名 總統,校長,院長,會長,社長,總裁,董事長

The president of France will visit America next month according to the newspaper.
據報紙報導,下個月法國總統要去美國訪問。

P

☐ **press**
[prɛs]

動 壓,按,擠,榨,壓平,壓迫,逼,催促,堅持
名 壓,擠,擁擠,壓榨機,印刷機,印刷,新聞業,新聞報導

They'll let you know if anything presses.
如有緊急情況,他們會通知你的。

☐ **pretty**
['prɪtɪ]

形 漂亮的,美麗的,優美的,悅耳的,好多的
副 相當,頗　名 漂亮的人,漂亮的東西

Alice looks much prettier with long hair than with short hair.
愛麗絲留長髮比短髮迷人多了。

單字、音標	詞性、中文解釋、同義字、相關字、例句
☑ **prevent** [prɪˋvɛnt]	動 防止，預防，阻止，阻擋，制止，妨礙 They should take measures to prevent that disease from spreading. 他們應採取措施防止那種疾病蔓延。
☑ **price** [praɪs]	名 價格，價錢，賞金，代價，價值 The clothes in that store are priced high. 那家商店衣服的價格很高。
☑ **pride** [praɪd]	名 驕傲，傲慢，自大，自滿，得意，自豪 動 使得意 The picture is the pride of my collection. 這幅畫是我的得意收藏。
☑ **prince** [prɪns]	名 王子，親王，君主，諸侯，公爵，侯爵，伯爵 Prince Charles will be the next king of England. 查理王子將是英國的下一位國王。
☑ **principal** [ˋprɪnsəpl]	形 主要的，首要的，負責人的，資本的 名 長，首長，負責人，校長，主要演員 Rice is our principal food. 稻米是我們的主食。
☑ **principle** [ˋprɪnsəpl]	名 原則，原理，主義，道義，本源，源泉 These four instruments work on the same principle. 這四種儀器的運作原理是一樣的。

單字、音標	詞性、中文解釋、同義字、相關字、例句
☑ **print** [prɪnt]	**動** 印刷，刊印，從事印刷，印，用印刷體寫字 **名** 印痕，痕跡，印刷，印刷術，印刷業 The machine can print fifty pages in a hour. 這台機器一小時可以印五十頁。
☑ **prison** ['prɪzn̩]	**名** 監獄，監禁，看守所，拘留所　**動** 監禁，關押 The criminal's mother went to the prison to visit his son. 犯人的母親到監獄探望他的兒子。
☑ **private** ['praɪvɪt]	**形** 私人的，個人的，私有的，私立的，民間的，保密的，秘密的 The news came through private channels. 消息是私下傳出來的。
☑ **probably** ['prɑbəblɪ]	**副** 很可能，大概，或許 She will come to visit me probably tomorrow. 她明天可能會來探望我。
☑ **problem** ['prɑbləm]	**名** 問題，疑難問題，令人困惑的事（或人、情況等），習題 It is not a problem for him to arrive to Taipei on time. 準時到達台北對他來說不成問題。
☑ **proceed** [prə'sid]	**動** 進行，繼續進行，繼續做下去，開始，著手，出發 He proceeded with his work after a long rest in the hospital. 在醫院休養了一段長時間後，他又繼續開始工作了。

單字、音標	詞性、中文解釋、同義字、相關字、例句
☑ **process** ['prasɛs]	名 過程，進程，作用，程序　動 加工，處理，初步分類，辦理 Mary is very quick in her thought processes. 瑪麗的思路很快。
☑ **produce** [prə'djus]	動 生產，出產，製造，生，產生，上演，演出 名 產量，出產，產品，農產品，結果，成果 James's story produced a great deal of laughter. 詹姆士的故事引起哄堂大笑。
☑ **professor** [prə'fɛsɚ]	名 (大學) 教授，教師，教員，專家 Professor Lee is admired by all his students. 李教授受到學生的愛戴。
☑ **profit** ['prafɪt]	名 益處，利潤，收益，利潤率，紅利　動 有益，有利，得益，利用 There's very little profit in selling houses now. 現在賣房子的利潤很少。
☑ **progress** ['pragrɛs]	名 前進，進展，進步　動 前進，進行，進展，進步 A small boat made slow progress through the rough sea. 一艘小船在洶湧的海中緩慢前進。
☑ **promise** ['pramɪs]	名 允諾，諾言，字據，允諾的東西，約定的事項 動 允諾，答應，有…的可能，有…保證，向…斷言 Mary made me a promise that she would return the pencil on time. 瑪麗答應我一定會準時還鉛筆。

單字、音標	詞性、中文解釋、同義字、相關字、例句
☐ **proper** [ˈprɑpɚ]	形 適當的，適合的，恰當的，正當的，特有的，專門的，固有的，本來的，正確的 Tony said something proper for the occasion. 東尼說了一些合乎時宜的話。
☐ **property** [ˈprɑpɚtɪ]	名 財產，地產，財產權，所有權，性質 His real property includes several buildings. 他的不動產包括幾棟大樓。
☐ **proportion** [prəˈpɔrʃən]	名 比，比率，比例，均衡，相稱，面積，容積，大小 動 使成比例，使相稱，分攤，攤派 The proportion of births to the population descends year after year. 人口出生率逐年下降。
☐ **propose** [prəˈpoz]	動 提議，建議，提出，提，推薦，打算 Jack proposed that the meeting would be held tomorrow. 傑克提議明天開會。
☐ **protect** [prəˈtɛkt]	動 保護，警戒 Alice raised her arm to protect her face from the blow. 愛麗絲舉起手臂保護臉部，以免受拳擊。
☐ **protest** [prəˈtɛst]	動 明言，斷言，主張，抗議，反對 名 明言，主張，抗議，反對，抗議書 The demonstration made a protest against the high taxes. 遊行隊伍對高稅收提出抗議。

單字、音標	詞性、中文解釋、同義字、相關字、例句
☐ **proud** [praʊd]	形 驕傲的，妄自尊大的，自高自大的，自尊的 She is very proud of her brother who is the champion of the game. 她非常以在比賽中獲得冠軍的哥哥為榮。
☐ **prove** [pruv]	動 證明，證實，檢驗，試驗，考驗，探明，檢定 John met with the victim to prove the truthfulness of the murderer's statement. 約翰與受害人會談，以證實兇手的話是否屬實。
☐ **provide** [prə'vaɪd]	動 提供，裝備，供給，規定，訂定，準備 The agreement provides that the two sides shall meet once every three weeks. 協議規定雙方每三週會面一次。
☐ **public** ['pʌblɪk]	形 公有的，公眾的，政府的，公家的，社會的，公用的，公共的 Don't smoke in public places. 不要在公共場所抽煙。
☐ **publish** ['pʌblɪʃ]	動 公布，發布，發表，宣傳，出版，發行，刊印，出版⋯的著作 My husband is a columnist who always publishes political articles in the newspaper. 我丈夫是個專欄作家，他經常在報上發表政治性文章。
☐ **pull** [pʊl]	動 拉，拖，扯，拔，划，採，摘，吸引 名 拉，拖，拔，拉力，拖力，划船，拉手 Pull the window open, don't push it. 用拉的開窗戶，別用推的。

單字、音標	詞性、中文解釋、同義字、相關字、例句
☐ **pupil** [ˈpjupl̩]	名 小學生，學生，門生，弟子，瞳孔 Pupils go back home in groups in case of danger. 小學生們成隊回家，以防發生危險。
☐ **purchase** [ˈpɝtʃəs]	動 買，購買，購置，贏得　名 買，購買，購置，獲得物，贓物，價值 The children helped to carry their father's purchases from the supermarket. 孩子們幫忙拿父親從超市買回來的東西。
☐ **pure** [pjʊr]	形 純的，純淨的，完美的，純正的，純潔的，清白的 I can't believe he is Chinese, because he can speak very pure English. 我簡直不敢相信他是一個中國人，因為他說一口純正的英語。
☐ **purpose** [ˈpɝpəs]	名 意圖，目的，意志，決心，效用，效果　動 決意（做），打算（做） Judy got up early on purpose to catch the bus on time. 為了準時搭上公車，茱蒂特地早起。
☐ **push** [pʊʃ]	動 推，擠，推進，驅策，催迫，力求，擴展，促使，使突出　名 推，力量，能力，攻勢 Legislators are all for the bill to be pushed in the legislature. 立法委員們一致同意通過這一法案。
☐ **put** [pʊt]	動 放，安置，說明，表白，簽署，安裝 He wants to know how to put this in French. 他想知道如何用法文來表達這件事。

P

P

☑ **quality**
['kwɑlətɪ]

名 特質，品質，特性，品種，身份，地位，才能

We use good material to guarantee the quality of the products.
我們使用好的材料，以保證產品的品質。

☑ **quantity**
['kwɑntətɪ]

名 量，數量，分量，(pl) 大量，大宗

A foreign company placed an order for cars in large quantity with them.
一家外國公司向他們公司訂購了大量的汽車。

☑ **quarrel**
['kwɔrəl]

動 爭吵，吵架，責備，埋怨，挑剔
名 爭吵，吵鬧，不和，怨言，責備

Tony quarreled about politics with John.
東尼與約翰爭辯政治。

☑ **quarter**
['kwɔrtɚ]

名 四分之一，四等分，一刻鐘，季，區域　動 把…分成
四部分，把…四等分，供…住宿，使 (部隊) 駐紮

The trains come on the quarter hour.
列車每十五分鐘來一班。

☑ **queen**
[kwin]

名 王后，女王，女首腦，女神，出眾的女人

It is said that Queen Elizabeth will come to visit our country.
據說伊利莎白女王將來我國訪問。

☑ **question**
['kwɛstʃən]

名 發問，詢問，問題，議題，疑問，不確定
動 詢問，訊問，審問，懷疑，對…表示疑問，爭論

There is no question about her justness.
她的公正性是毫無疑問的。

單字、音標	詞性、中文解釋、同義字、相關字、例句
☑ **quick** [kwɪk]	形 快的，迅速的，急速的，敏捷的　副 快 His son is a quick child loved by all the people. 他兒子是個聰明伶俐的孩子，大家都喜歡他。
☑ **quiet** ['kwaɪət]	形 寂靜的，靜止的，安靜的，輕聲的，溫和的 動 使靜，使平靜，使平息，撫慰，安慰 Every student should keep quiet in the classroom. 在教室裡每一個學生都要保持安靜。
☑ **quite** [kwaɪt]	副 完全，十分，徹底，相當，頗 I spend quite a long time doing these calculations. 我花了相當長的時間來做這些計算題。

Chapter 18　R

單字、音標	詞性、中文解釋、同義字、相關字、例句
☑ **rabbit** ['ræbɪt]	名 兔，野兔，兔子的毛皮 Do you know the difference between "hare" and "rabbit"? 你知道 "hare" 和 "rabbit" 字意的差別嗎？
☑ **race** [res]	名 比賽，競賽，競爭，水道，人生的歷程，人種，種族，民族，屬，種　動 比速度，參加競賽，疾走，全速行進 Tony will race John to the end of the street. 東尼和約翰比賽看誰先跑到這條街道的盡頭。
☑ **radio** ['redɪˌo]	名 無線電話，無線電播音，收音機　動 用無線電通訊，用無線電傳送 They heard the news over the radio. 他們從廣播中聽到了這則新聞。

Q

Chapter 17　**Q**

單字、音標	詞性、中文解釋、同義字、相關字、例句
☐ **rail** [rel]	名 橫條，圍欄，鐵軌，鐵道，鐵道網 動 責罵，挑剔，抱怨 It's dangerous to walk through a small bridge without rails. 走在沒有護欄的小橋上非常危險。
☐ **rain** [ren]	名 雨，雨水，一場雨，下雨，雨天 動 下雨，降雨，雨點般地落下，雨水般地淌下 Running in the rain will make you ill. 在雨中跑步會讓你生病。
☐ **raise** [rez]	動 舉起，使起來，建立起，喚起，引起，增加，提高，上升 名 舉起，升起，增加（尤指工資） I raised my eyes to look at him when he came up to me. 當他走到我面前時，我抬起眼睛望著他。
☐ **range** [rendʒ]	名 排，行，一系列，山脈，範圍，區域，分布區 動 排列，將⋯排成行，使並列，使進入行列，把⋯分類，使系統化 I can't receive the radio, because the frequency is out of range. 我收不到廣播，因為頻率不在範圍內。
☐ **rank** [ræŋk]	動 列為 名 排，橫列，隊伍，軍隊，士兵，地位，身份 He ranks next to me in this examination. 在這次考試中，他僅次於我。
☐ **rate** [ret]	名 比率，率，速度，速率，價格，費用 動 對⋯估價，對⋯評價，對⋯評定，認為，列為 The car was going at the rate of 100 kilometers an hour. 汽車以每小時一百公里的速度前進。

單字、音標	詞性、中文解釋、同義字、相關字、例句
☐ **rather** [ˈræðɚ]	副 寧可，寧願（與其…）倒不如，相當，頗，相反地 It was what Mary meant rather than what she said. 那是指瑪麗話中的意思，而不是她所說的話。
☐ **ray** [re]	名 光線，射線，輻射線，光輝，微量，絲毫 動 放射光線，（思想、希望等）閃現，向周圍放送 There isn't a ray of hope for them. 他們連一點希望都沒有。
☐ **reach** [ritʃ]	動 抵達，到達，達到，伸出（手、樹枝等） 名 伸，伸出，到達距離 The delegation team would reach the city tonight. 代表團今晚將抵達本市。
☐ **read** [rid]	動 讀，閱讀，默讀，朗讀，看懂，辨認，覺察，解釋，學習，讀到 We wonder how that letter would read to them. 我們不知道他們讀到那封信會有怎麼樣的反應。
☐ **ready** [ˈrɛdɪ]	形 準備好的，思想有準備的，願意的，樂意的，快要…的 動 使準備好 The two sides are ready to sign an agreement. 雙方已準備好簽署一個協議。
☐ **real** [ˈriəl]	形 真的，真正的，現實的，實際的，真實的 副 真正，很，非常 What was the real reason for Tony's absence? 東尼缺席的真正原因是什麼？

單字、音標	詞性、中文解釋、同義字、相關字、例句
☐ **reason** [ˈrizn̩]	名 理由，理智，理性，道理，明智　動 推論，推理，思考，評理，勸說，辨論，討論 Give his reason for changing the project. 把他改變計劃的原因說一下。
☐ **receive** [rɪˈsiv]	動 收到，接到，得到，接受，接待，接見，歡迎，承受，擋住，會客 The mayor receives support from all the people. 市長受到所有人的支持。
☐ **recent** [ˈrisn̩t]	形 新近的，最近的，近來的，近代的 Mary's eyes were red with recent sobbing. 瑪麗的雙眼因剛哭過而紅紅的。
☐ **recognize** [ˈrɛkəɡˌnaɪz]	動 認識，認出，辨認，承認，公認，賞識，認可 I recognized him at the first sight. 我第一眼看到他就認出他了。
☐ **record** [ˈrɛkɚd]	名 記載，經歷，最高紀錄，最佳成績，唱片 動 [rɪˈkɔrd] 記錄，標明，將（聲音、景象等）錄下 Mary set a new record in the women's 100 meter race. 瑪麗刷新了一百公尺女子賽跑的新紀錄。
☐ **red** [rɛd]	形 紅色的，紅的，漲紅的，流血的，火爆的 名 紅色，紅色物，赤字，污損，負債 Her face became red with anger. 她氣得臉都漲紅了。

單字、音標	詞性、中文解釋、同義字、相關字、例句
☐ **reduce** [rɪˈdjus]	動 減少，減小，縮減，使化為，使變為，使降級，變瘦，歸納為 Tony won't reduce the rent of Mary's house. 東尼不會減收瑪麗的房租。
☐ **refuse** [rɪˈfjuz]	動 拒絕，拒受，拒給，不願，（馬）不肯躍過 名 廢物，廢料，垃圾 Jack asked Alice to marry him but she refused. 傑克要愛麗絲嫁給他，但她拒絕了。
☐ **regard** [rɪˈgɑrd]	名 注意，注視，尊重，敬意，關係，(pl) 問候 動 把…看作，注重，看待，尊敬，與…有關 Residents appealed to the government to pay regard to public opinion. 居民們呼籲政府重視輿論。
☐ **region** [ˈridʒən]	名 地區，地帶，行政區，部位，領域 Mary is well-known in the region of physics. 瑪麗在物理學領域聲名卓著。
☐ **regular** [ˈrɛgjələ˞]	形 規則的，固定的，定期的，經常的，習慣性的，正式的，正規的 名 正規兵，正式隊員，老顧客，常客 It's enough for her to have a regular income of 30,000 every month. 她每月有三萬元的固定收入，已經足夠了。
☐ **relationship** [rɪˈleʃənˌʃɪp]	名 關係，親屬關係 名 relation 關係，敘述，交往，事務，家屬，親屬 動 relate 敘述，講，使聯繫，顯示出…與…的關係，有關，涉及，符合，相處得好 Alice has a good relationship with her neighbors. 愛麗絲與她的鄰居關係很好。

單字、音標	詞性、中文解釋、同義字、相關字、例句
☑ **relief** [rɪ'lif]	名 減輕，解除，免除，寬慰，救濟，換班，調劑，娛樂，浮雕 動 relieve 減輕，解除，救濟，援救，使解除，調劑，襯托 To our great relief, she attended the meeting at last. 我們大大鬆了一口氣，她終於出席了會議。
☑ **religion** [rɪ'lɪdʒən]	名 宗教，宗教信仰，信仰，宗教生活，有關良心的事 His name in religion is John. 他的教名是約翰。
☑ **remain** [rɪ'men]	動 剩下，餘留，逗留，保持，仍是　形 剩餘的，出售處理書籍的 I'll remain to clear up the meeting hall. 我會留下來收拾會場。
☑ **remark** [rɪ'mɑrk]	動 注意到，看見，評論，談論，談到，說 The teacher remarked that article was well written. 老師評論說那篇文章寫得很好。
☑ **remember** [rɪ'mɛmbɚ]	動 記得，想起，回憶起，記住，牢記，不忘，記起 Please don't remember that unpleasant matter against her. 請別因為那件不愉快的事而對她有意見。
☑ **remove** [rɪ'muv]	動 移動，搬開，調動，去掉，消除，撤去，除掉，遷移，搬家　名 移動，遷移，搬家，階段 They decided to remove to Canada. 他們決定搬到加拿大。

單字、音標	詞性、中文解釋、同義字、相關字、例句
☐ **render** [ˈrɛndɚ]	勔 提出，呈遞，匯報，開出（帳單），做出（判決等） My brother has rendered her a service. 我哥哥幫了她的忙。
☐ **repeat** [rɪˈpit]	勔 重說，重做，跟著別人講，背誦，使再現，複製，重複 出現　名 重複，重演，重播 The teacher repeated the answer to the question at the request of the students. 應學生要求，老師又說了一次這題的答案。
☐ **reply** [rɪˈplaɪ]	勔 回答，答覆，（以行動）答覆　名 回答，答覆 Please reply as soon as possible. 請速答覆。
☐ **report** [rɪˈport]	勔 報告，匯報，傳說，轉述，記錄，報導，寫報導 名 報告，匯報，傳說，名聲，報導，通訊，判決書 Did you read the report in the press that taxes will increase? 你讀了報上那篇關於稅要增加的報導了嗎？
☐ **represent** [ˌrɛprɪˈzɛnt]	勔 描繪，闡述，代表，代理，象徵，表示，演出，扮演， 再提出，再上演 I can't represent my feelings in words now. 我無法用言語形容此時我的心情。
☐ **request** [rɪˈkwɛst]	名 請求，要求，要求的話，需要　勔 請求，要求，懇求， 需要，命令 She repeated her request that I should go to visit her. 她再三請求我去看她。

單字、音標	詞性、中文解釋、同義字、相關字、例句
☑ **reserve** [rɪˈzɜˇv]	動 儲備，保存，保留，延遲，預定　名 儲備（物），保存（物），保留，含蓄 The first two rows are reserved for the foreign guests. 前二排座位是留給外賓的。
☑ **respect** [rɪˈspɛkt]	名 尊敬，尊重，敬意，問候，考慮，重視，關心 動 尊敬，尊重，考慮，重視，遵守 Mary is held in the greatest respect by the whole city. 瑪麗深受全體市民的敬重。
☑ **rest** [rɛst]	名 休息，睡眠，安息，長眠，靜止，停止，休息處，安心，安寧，信賴，取決於，剩餘部分 We had several rests on the way to the destination. 我們在到達目的地的途中休息了幾次。
☑ **result** [rɪˈzʌlt]	名 結果，成果，效果，答案　動 發生，產生，結果，終歸，導致 The result of the test will come out this afternoon. 測試結果今下午公布。
☑ **return** [rɪˈtɝn]	動 回，回來，返回，恢復，歸還，回報，報答 名 回來，返回，回程，來回票，歸還，回復 Students are asked to return the books to the library on time. 學生們被要求按時將書還回圖書館。
☑ **reveal** [rɪˈvil]	動 展現，露出，揭示，揭露，洩露，暴露 The teacher's words revealed that Jack told a lie to her. 老師的話說明了傑克對她撒謊。

單字、音標	詞性、中文解釋、同義字、相關字、例句
☑ **revolution** [ˌrɛvəˈluʃən]	名 革命,變革,改革,循環,周期 The crowds angry words started a political revolution. 群眾憤怒的言論引起一場政治改革。
☑ **rich** [rɪtʃ]	形 富的,有錢的,豐富的,多產的,貴重的,珍貴的 He has been a teacher for many years and is rich in practical experiences. 他當老師多年,有豐富的實際經驗。
☑ **ride** [raɪd]	動 騎馬(或腳踏車),騎,乘車,乘,搭載 名 騎,乘車,乘坐 The girl was riding on her mother's back. 女孩騎在她母親的背上。
☑ **right** [raɪt]	形 正確的,對的,恰當的,正直的,真正的,右邊的 副 對,不錯,順利,好 Jane is the right girl for this job. 珍妮是做這工作最恰當的女生。
☑ **ring** [rɪŋ]	名 環形物,圓狀,環狀,鈴聲,鐘聲,口氣,打電話 動 包圍,圍住,套住,搖(鈴),敲(鐘) The patient rang for the nurse, when he was thirsty. 病人口渴時,會按鈴叫護士。
☑ **rise** [raɪz]	動 立起,起身,上升,漲,振作,反抗,再生,使升起 The accident rose from a small carelessness. 事故起源於一個小疏失。

單字、音標	詞性、中文解釋、同義字、相關字、例句
☑ **river** [ˈrɪvɚ]	名 江，河，水道，巨流 The murderer was said to have sneaked across the boundary river. 兇手據說已偷渡過國境河。
☑ **road** [rod]	名 路，道路，公路，行車道，途徑 It takes 40 minutes by plane and 8 hours by road. 坐飛機要四十分鐘，搭車要八個鐘頭。
☑ **roar** [ror]	動 吼叫，怒號，呼嘯，轟鳴，呼喊，狂笑，喧鬧，回響 名 吼，嘯，怒號，咆哮，呼叫，大笑聲 All the girls roared at the farce. 鬧劇使所有女孩哄堂大笑。
☑ **rock** [rɑk]	動 搖，輕搖，撫慰，使震驚，擺動，震動　名 搖動，搖滾舞，岩石，石頭，石塊 The accidents rocked all the boys with surprise. 這個意外事件震驚了所有男孩。
☑ **roll** [rol]	動 滾動，打滾，行駛，流浪，搖擺，捲，裹，繞，搓，輾，軋　名 名冊，目錄，公文 The wheels of time keep rolling on. 時間的巨輪一直向前滾動。
☑ **roof** [ruf]	名 屋頂，車頂，住屋，頂　動 給⋯蓋上屋頂，遮蔽，庇護 Mary and John lived under the same roof, when they were a couple. 以前瑪麗和約翰是夫妻時，他們住在一起。

單字、音標	詞性、中文解釋、同義字、相關字、例句
☑ **room** [rum]	名 房間，地位，空間，餘地，機會　動 住宿，寄宿，居住 There is no room for Tony to live. 沒有空房間給東尼住了。
☑ **rope** [rop]	名 繩，索，絞繩，絞刑　動 捆，紮，縛 Tie the cat to the tree with that piece of rope. 用那條繩子把貓綁在樹上。
☑ **rose** [roz]	名 玫瑰花，薔薇花，玫瑰色 形 薔薇花的，玫瑰花的 Tony bought his girlfriend a bunch of red roses. 東尼買了一束玫瑰花送給他女友。
☑ **rough** [rʌf]	形 表面不平的，粗糙的，毛茸茸的，蓬亂的，粗率的，簡陋的　動 變粗糙，粗魯行事　副 粗糙地，粗略地，粗暴地 The rough street made the car shake heavily. 不平的街道使汽車劇烈搖晃。
☑ **round** [raʊnd]	形 圓的，圓形的，球形的，肥胖的，輕快的 動 轉身，變圓，發胖，拐彎，進展，成長 She has round cheeks. 她的面頰豐滿。
☑ **route** [rut]	名 路，路線，路程，航線 They have decided the route to the mountain. 他們已決定好上山的路線。

R

Chapter 18　**R**

單字、音標	詞性、中文解釋、同義字、相關字、例句
☑ **row** [ro]	名 行列，排，一排座位，划船，吵嚷，騷動 動 痛斥，狠罵，划（船），爭吵，吵鬧 The swallows rowed by on slow wings. 燕群緩慢地飛過。
☑ **royal** [ˈrɔɪəl]	形 王的，女王的，皇家的，堂皇的，盛大的，高貴的 They welcomed the Royal Navy. 他們歡迎皇家海軍來訪。
☑ **ruin** [ˈruɪn]	名 毀滅，崩潰，毀壞，傾家蕩產 動 毀滅，覆滅，毀壞，變成廢墟，破產，墮落 The old building has fallen into ruin. 老建築已坍陷了。
☑ **rule** [rul]	名 控制，支配，規定，規則，章節，條例，習慣，標準 動 統治，管轄，控制，支配，裁決，裁定 The rule of this family is to get up early in the morning. 這家人有早起的習慣。
☑ **run** [rʌn]	動 跑，奔，逃，進行，經營，爬，攀登，轉動 The girl runs to catch the bus. 這女孩跑著趕公車。
☑ **rush** [rʌʃ]	動 衝進，急進，猛攻，匆促進行，催促　形 急需的，匆忙的，繁忙的 The father rushed up the stairs when he heard his baby's cry. 父親聽到小孩哭聲後，立刻衝上樓。

☐ **sacrifice**
[ˈsækrəˌfaɪs]

🔲 犧牲，獻出，劇本出售，獻祭
🔲 犧牲，犧牲品，劇本出售，損失，祭品

Mary sacrificed her life to save the boy from the river.
瑪麗為了從河中救出這個男孩，卻犧牲了自己的生命。

☐ **sad**
[sæd]

🔲 悲哀的，令人悲痛的，糟透的，壞透的

The news of his father's death made him sad.
他父親死亡的消息，讓他很難過。

☐ **safe**
[sef]

🔲 安全的，保險的，平安的，無損的，無害的
🔲 保險箱，冷藏箱　🔲 保護，防護，使保險

The baby is safe in bed today.
今天寶寶安安穩穩地在床上睡覺。

☐ **sail**
[sel]

🔲 航行，(坐船)遊覽，啟航，開船，翱翔，飄　🔲 帆，蓬，船隻，帆狀物，航行

The airplane sailed across the sky.
飛機平穩地飛過天空。

☐ **saint**
[sent]

🔲 聖徒，天使，聖人　🔲 神聖的

Sister Anna, may she rest in peace, was a real saint.
安娜修女真正是位聖人，願她安息。

☐ **sake**
[sek]

🔲 緣故

For your mother's sake, please do as she asks.
為了你母親著想，請照她所要求的去做！

S

Chapter 19　S

單字、音標	詞性、中文解釋、同義字、相關字、例句
☑ **salary** [ˈsælərɪ]	名 薪水，俸給　動 給…薪水 Does Mary get a high salary? 瑪麗領的薪水高嗎？
☑ **sale** [sel]	名 賣，出售，拍賣，銷路，銷售額 Will there be any sale for these books? 這些書會有銷路嗎？
☑ **salt** [sɔlt]	名 鹽，風趣，刺激，現實態度　形 含鹽的，鹹味的，醃的 I like to talk with him, because his talk is full of salt. 我喜歡和他交談，因為他的談話饒有趣味。
☑ **same** [sem]	形 同一的，同樣的，千篇一律的 介 同樣的人，同樣的事情 Linda is the same age as Judy. 琳達和茱蒂同年齡。
☑ **sand** [sænd]	名 沙，沙子，(pl) 時間，壽命，沙灘，沙洲，沙地，沙粒 動 鋪沙於，填沙於 Mary and her sisters like to play in the sand. 瑪麗和她的姐妹們喜歡在沙灘上玩。
☑ **satisfy** [ˈsætɪsˌfaɪ]	動 滿足，使滿足，使滿意，符合，達到，說服，使相信，向…證實，消除，償還，賠償 He satisfied the teacher in his examination. 他的考試成績讓老師感到滿意。

單字、音標	詞性、中文解釋、同義字、相關字、例句
☐ **Saturday** ['sætɚˌde]	名 星期六 We would have a picnic on Saturday this week. 這個星期六我們要去野餐。
☐ **save** [sev]	動 搭救，挽救，救，節省，省去，避免，儲蓄，貯存，保留，趕上…時間　介 除…以外 Your deposit will increase if you save unnecessary expenses. 如果你省下不必要的開支，你的存款會增加。
☐ **say** [se]	動 說，表達，背誦，寫道，講，叫，要 My watch says five to seven. 我的錶是六點五十五分。
☐ **scarcely** ['skɛrslɪ]	副 僅僅，剛剛，幾乎不，簡直不，幾乎沒有 同 hardly 幾乎不，大概不，剛剛 Tony spoke scarcely a word of French. 東尼幾乎連一個法文字都不會講。
☐ **scatter** ['skætɚ]	動 使消散，使分散，使潰散，撒，散布，散播，撒播 名 消散，分散，潰散，散射，散布 The mice scattered at the sound of the cat. 老鼠一聽到貓聲就四處亂跑。
☐ **scene** [sin]	名 發生地點，一場，一個場面，布景，景色 We can see a beautiful scene from out the office window. 從我們辦公室的窗戶，可以看見美麗的景色。

單字、音標	詞性、中文解釋、同義字、相關字、例句
☑ **school** [skul]	名 學校，校舍，全校學生，全校師生，學院，上學，學業，功課，上課，學派 Students won't go to school on holidays. 假日學生不用上課。
☑ **science** ['saɪəns]	名 科學，科學研究，學科，自然科學 He wants to be a man of science in the future. 將來他想成為科學家。
☑ **score** [skor]	名 傷痕，帳目，欠帳，宿怨，得分，比數，成績，評分，起跑線，終點線 動 刻痕，劃線，得分，得勝，成功 He made a good score in the second examination. 第二次月考，他得了個高分。
☑ **sea** [si]	名 海，洋，內海，湖，大量，茫茫一片，海員生活 The sea covers almost 75% of the earth's surface. 海洋幾乎占了地球表面的 75%。
☑ **search** [sɝtʃ]	動 搜尋，調查，探究，調查 名 搜尋，搜查，檢查，探索，調查 The police searched the woods for the lost boy. 警察在森林中尋找失蹤的男孩。
☑ **season** ['sizn̩]	名 季，季節，時節，時令 動 給…調味，加味於，使適應，使服水土 There is a sale season before the New Year. 在新年前有一個銷售旺季。

☐ **seat**
[sit]

名 座，座位，（椅等）座部，席位，會員資格
動 使坐下，使就座，幫助…找到座位

This theater is seated for 1200.
這個劇院可以坐一千二百個人。

☐ **second**
['sɛkənd]

名 第二名，第二位，二等獎，附和，助手，秒，片刻
形 二等的，次等的，次要的，另加的，附加的，附屬的，模仿的

You are the second to tell us about the accident.
你是第二個告訴我們這個意外事件的人。

☐ **secret**
['sikrɪt]

名 秘密，機密，內情，神秘，秘方　　形 秘密的，機密的，隱蔽的，神秘的，奧秘的，偏僻的

Don't let out the secret plan to Michael.
不要把這個秘密計劃洩露給麥可。

☐ **secretary**
['sɛkrə,tɛrɪ]

名 秘書，書記，大臣，部長，國務卿，國務大臣

Ann is a good secretary in a foreign company.
安是外商公司裡一名出色的秘書。

☐ **section**
['sɛkʃən]

名 切斷，切開，切片，斷面，剖面，一段，節，地區，區
動 把…分成段（或組等），將…切片

My father likes to read the sports section of the newspaper.
我父親喜歡看報紙的體育版。

☐ **secure**
[sɪ'kjʊr]

動 使安全，掩護，保衛，保證，為（借款等）作保
形 安心的，安全的，牢固的，保險的，可靠的

We secured the doors and windows when the storm began to blow.
暴風雨來襲時，我們把門窗關緊。

S

Chapter 19　**S**

單字、音標	詞性、中文解釋、同義字、相關字、例句
☑ **see** [si]	**動** 看見，了解，覺察，發現，閱歷，訪晤，接見，察看，留心 I saw a man sneaking into the bank under the moon light that night. 那晚透過月光，我看見一個人偷偷摸摸地溜進銀行。
☑ **seed** [sid]	**名** 種子，萌芽，開端，精子，卵子 **動** 結實，成熟，播種 According to the Bible, all of us are the seed of Adam. 依據聖經記載，我們都是亞當的後代。
☑ **seek** [sik]	**動** 尋找，探索，追求，試圖，企圖，徵求，請求 Mary was seeking among her untidy books for the right one. 瑪麗正從她雜亂的書堆中尋找她要的那一本。
☑ **seem** [sim]	**動** 好像，似乎，看來好像，感到好像，覺得似乎 Linda seems to be quiet today. 琳達今天好像很安靜。
☑ **seize** [siz]	**動** 抓住，俘獲，占領，沒收，查封，扣押，掌握（時機等），理解，侵襲，支配 Mary seized my hands, and said how long it had been since she saw me. 瑪麗緊握我的手說，很久沒見到我了。
☑ **seldom** [ˈsɛldəm]	**副** 很少，不常，難得　**形** 罕有的，很少的，少見的 My mother seldom goes to see a movie. 我母親很少去看電影。

單字、音標	詞性、中文解釋、同義字、相關字、例句
☑ **select** [sə'lɛkt]	動 選擇，挑選，選拔　形 精選的，優等的，傑出的，卓越的，明辨的，挑剔的 My sister selected a pair of shoes to match her new suit. 我妹妹挑選了一雙鞋子來配她的新套裝。
☑ **self** [sɛlf]	名 自我，自己，本性，本人，自己，本身 形 同一性質的，單色的，同一類型的 Judy put her whole self into this research. 茱蒂全心全力地投注於這項研究。
☑ **sell** [sɛl]	動 賣，銷售，經售，出賣，背叛，使賣出，有銷路 名 欺騙，失望，賣，推銷術 This book store sells a wide variety of books. 這家書店經銷各種書籍。
☑ **senate** ['sɛnɪt]	名 參議院，上院，評價會，立法機構 Mr. Cook is preparing the speech on the floor of the Senate. 庫克先生正在為在參議院上發表的演說做準備。
☑ **send** [sɛnd]	動 送，寄發，派遣，打發，寄信，送信，派人，播送 If you need umbrella I'll send it immediately. 如果你需要雨傘，我會立即送過去。
☑ **sense** [sɛns]	動 感覺，覺察，意識到，了解，領悟 There is some sense in what Mary says. 瑪麗所說的話有些道理。

單字、音標	詞性、中文解釋、同義字、相關字、例句
☑ **separate** [ˈsɛpəˌret]	🅥 分離，分開，脫離，分手，分散，分居　🅐 分離的，各別的，單獨的，獨立的　🅝（雜誌、文章等的）單行本，抽印本 It is not difficult to separate a butterfly from a moth. 區分蝴蝶和飛蛾並不難。
☑ **series** [ˈsɪrɪz]	🅝 連續，系列，（郵票）套，叢書，連載小說，期刊 Does Mary have a series of the Chinese History? 瑪麗有一套中國歷史叢書？
☑ **serious** [ˈsɪrɪəs]	🅐 嚴肅的，莊重的，認真的，不是開玩笑的，當真的 The state of the traffic accident is very serious. 車禍的情況十分嚴重。
☑ **serve** [sɝv]	🅥 服務，服役，供應，侍候，合適，招待，維修，保養　🅐 服務性的，耐用的 The housekeeper has served our family for 20 years. 管家已經為我們家服務二十年了。
☑ **set** [sɛt]	🅥 放，調整，對準，使從事，種，固定，流向，適合　🅐 決心的，一心一意的，急切的，故意的　🅝 落，（一）套，（一）副，（一）批，（一）部 After this incident, she set her heart on the common affairs. 此次事故以後，她全心投入公共事務。
☑ **settle** [ˈsɛtl]	🅥 確定，安居，居住，平靜，鎮靜，澄清，沈澱，下陷 Until the schoolmaster came out, the noises settled down. 直到校長出來，吵鬧聲才停止。

單字、音標	詞性、中文解釋、同義字、相關字、例句
☐ **seven** [ˈsɛvən]	名 七，七個（人或物）一組，七歲，七點鐘 There are seven days in a week. 一週有七天。
☐ **several** [ˈsɛvərəl]	形 幾個，數個，專有的，獨占的，不同的 代 幾個，數個 We went our several ways. 我們各走各的路。
☐ **shade** [ʃed]	名 陰涼處，陰暗，遮光物，遮罩，簾，幕，隱蔽處，少量　動 遮蔽，使陰暗，使黯然失色，畫陰影於 名 shading 蔭蔽，（繪畫的）陰暗（法） This bottle of fluid should be kept in the shade. 這瓶液體應保存在陰涼處。
☐ **shadow** [ˈʃædo]	名 陰影，蔭，影子，幻影，微量，少許　動 投影於，遮蔽，使陰暗，使朦朧，暗示，預示，尾隨 Mary walked along in the shadows hoping no one would recognize her. 瑪麗在陰暗處行走，希望沒有人認出她。
☐ **shake** [ʃek]	動 震動，顫動，發抖，動搖，動盪，不穩，握手，搖動 名 搖動，震動，握手，地震 He shook hands with the audience one by one after the meeting was over. 會議結束後，他一一和聽眾握手。
☐ **shame** [ʃem]	名 羞恥心，羞愧感，羞辱，恥辱，可恥的事 動 使難為情，羞，使蒙受羞辱，使丟臉 When Watt's lie was discovered by his parents, he hung his head for shame. 瓦特的謊言被他的父母識破後，他羞愧地低下頭來。

S

S

單字、音標	詞性、中文解釋、同義字、相關字、例句
☐ **shape** [ʃep]	名 形狀，樣子，外形，定形，體現　動 成形，形成，成長，發展 They saw a shape through the rain but they couldn't see who it was. 他們從雨中看見一個人形，但看不出那是誰。
☐ **share** [ʃɛr]	名 一份，份兒，股份，(pl) 股票　動 均分，分攤，分配，分享，共同使用 Tony did not take much share in the meeting. 會議時東尼說得很少。
☐ **sharp** [ʃɑrp]	形 銳利的，尖的，敏銳的，苛刻的，嚴厲的，精明的 動 變尖，變鋒利，尖銳化，急劇化 The busdriver braked in emergency when the bus came to a sharp turn to the left. 當巴士來到一個向左的急轉彎處時，公車司機緊急剎車。
☐ **sheep** [ʃip]	名 羊，綿羊，害羞而忸怩的人，膽小鬼，蠢人 The shepherd with a flock of sheep crossed the mountains and rivers. 牧羊人領著一群羊爬山涉水。
☐ **sheet** [ʃit]	名 被單，紙張，一張（紙），印刷品　動 給…鋪上被單，覆蓋，鋪開，展開，使成一大片 A boy knocked into her and the sheets in her hands scattered on the ground. 一個男孩撞到她，她手上的紙張散了一地。
☐ **shell** [ʃɛl]	名 殼，貝殼，甲，殼狀物，外殼，外貌，梗概 Don't throw about the shells of nuts. 不要亂扔核果的殼。

單字、音標	詞性、中文解釋、同義字、相關字、例句
☐ **shelter** [ˈʃɛltɚ]	名 隱蔽處，躲避處，避難所，遮蔽，庇護，保護 動 躲避，避難 We found a shelter from the wind when the storm was coming. 暴風雨到來時，我們找到了躲避的地方。
☐ **shine** [ʃaɪn]	動 照耀，發光，發亮，顯得出眾，傑出 名 光（亮），擦（亮），陰光，晴天 Rain or shine, we'll go fishing tomorrow. 不論下雨或出太陽，我們明天都要去釣魚。
☐ **ship** [ʃɪp]	動 把…裝上船，用船運，裝運，運送，把…放進船內 名 （大）船，海船，全體船員，飛船 The machines will be shipped from New York to London next week. 這批機器下週將由紐約運到倫敦。
☐ **shirt** [ʃɝt]	名 襯衫，內衣，汗衫 Bob was only in a shirt and felt cold with the big wind. 鮑伯身上只穿了一件襯衫，因風大而覺得冷。
☐ **shock** [ʃɑk]	名 衝撞，震動，震盪，震驚，打擊，突擊，電擊 動 震動，使人感到震驚，嚇唬人 His father's sudden death was a great shock to him. 他的父親突然逝世，使他大為震驚。
☐ **shoe** [ʃu]	名 鞋，輪胎，外胎，（喻）地位，境遇 John took off his shoes and went to sleep. 約翰脫掉鞋子，上床睡覺。

單字、音標	詞性、中文解釋、同義字、相關字、例句
☐ **shoot** [ʃut]	動 發射，放射，射出，開（槍），放（炮），射中，射死，損毀， 投射，揮出，打，急送，拍攝 名 發芽，抽技，芽，苗，射擊，拍攝，急速動作 The criminal was shot dead at site. 罪犯當場被擊斃。
☐ **shop** [ʃɑp]	動 逮捕，拘禁，選購（商品） 名 商店，店鋪，車間，工廠，工作室，辦事處 She likes to shop for clothes when she is abroad. 她在國外時很喜歡去買衣服。
☐ **shore** [ʃor]	名 濱，岸 They saw a boat about ten miles from the shore. 他們看見離岸約十哩的地方有一艘船。
☐ **short** [ʃɔrt]	形 短的，近的，短暫的，矮的，低的，短缺的，不足的， 缺錢用的　名 扼要，實質，短片，短訊，短篇特寫 動 變短，縮短，縮小 Jimmy's reply was short and to the point. 吉米的回答簡短扼要。
☐ **shoulder** ['ʃoldə·]	名 肩，肩膀，肩胛，上背部，（喻）擔當的能力 動 挑起，承擔，用肩膀推 I got pains on the shoulders after some exercises. 經過一些鍛鍊後，我的雙肩開始痛起來。
☐ **shout** [ʃaʊt]	動 呼喊，喊叫，大聲說，引人注目　名 呼喊，喊叫聲 Peter is quite deaf, you'll have to shout in his ear. 彼得的重聽很嚴重，你必須在他耳邊大聲地說。

單字、音標	詞性、中文解釋、同義字、相關字、例句
☑ **show** [ʃo]	🔲 顯示，引導，證明，帶引，炫耀，賣弄　🔲 表示，顯示，展覽（會），景象，演出，節目，（表現的）機會 Some new types of the computer will be shown at the exhibition. 展覽會上會展出一些新型電腦。
☑ **shut** [ʃʌt]	🔲 關上，閉上，禁閉，封閉 The bank will not shut until 3:30 p.m. 銀行到下午三點半關門。
☑ **sick** [sɪk]	🔲 有病的，病人的，噁心的，要嘔吐的，不愉快的 Jack was rather sick at missing the airplane. 傑克很沮喪沒能趕上這班飛機。
☑ **side** [saɪd]	🔲 邊，旁邊，側面，方面，一方 🔲 贊助，支持，袒護，與⋯站在一邊 Which side are you for? 你贊同哪一方呢？
☑ **sigh** [saɪ]	🔲 嘆氣，嘆息聲，悲鳴聲 🔲 嘆氣，嘆息，渴望，悲鳴 When the work was finished, I heard a sigh of relief. 工作結束後，我鬆了一口氣。
☑ **sight** [saɪt]	🔲 視力，視覺，眼界，見解，意見，看法，情景，名勝，風景，目標　🔲（初次）看見，（用觀測器）觀測 Their first sight of a boat came after ten days at sea. 他們在海上航行十天之後，第一次見到一艘小船。

單字、音標	詞性、中文解釋、同義字、相關字、例句
☑ **sign** [saɪn]	**名** 符號，記號，招牌，標記，徵兆，跡象 **動** 簽（名），署（名），以動作示意 There are no signs of rain. 沒有下雨的徵兆。
☑ **silence** ['saɪləns]	**名** 沈默，寂靜，忘卻　**動** 使沈默，使安靜　**形** silent 沈默的，寡言的，未明言的，無聲的 Her cry became sharp and clear in the silence of midnight. 她的叫聲在寂靜的午夜裡，顯得格外尖銳、清晰。
☑ **silk** [sɪlk]	**名** 蠶絲，絲，綢　**形** 絲的，絲織的，像絲的 Mary is usually dressed in silks and satins in public places. 瑪麗在公開場合，通常衣著華麗。
☑ **silver** ['sɪlvɚ]	**名** 銀，銀子，銀幣，銀白色　**形** 銀的，銀質的，白銀似的 **動** 變成銀白色 My mother used to take out table silvers when there were guests at home. 家裡有客人來時，我媽媽總會拿出銀製餐具。
☑ **similar** ['sɪmələ˞]	**形** 相似的，類似的 May often makes the similar mistakes. 梅常犯同樣的錯。
☑ **simple** ['sɪmpl̩]	**形** 簡單的，簡易的，簡明的，樸素的，單純的，初級的，原始的 Although they are rich, they live a simple and plain life. 他們雖然有錢，但卻過著簡單、樸素的生活。

☑ **sin**
[sɪn]

名 罪，罪孽，罪惡，過失，失禮
動 犯罪，犯過失

I think it's a sin to stay in bed after six o'clock.
我認為睡超過六點是罪過。

☑ **since**
[sɪns]

連 從…以來，…以後，因為，既然　介 從…以來，自從

Where have you been since the last time I saw you?
自從上次見過你後，你去哪兒了？

☑ **sing**
[sɪŋ]

動 唱，演唱，（鳥等）啼，歡樂，歌頌

Mary can't sing a note.
瑪麗一點都不會唱歌。

☑ **single**
['sɪŋgl̩]

形 單一的，個別的，獨身的，孤獨的，單人的
名 一個，獨腳戲

Her single aim was to go abroad.
她唯一的目標就是出國。

☑ **sink**
[sɪŋk]

動 下沈，沈沒，落，低落，倒下，下垂，墮落
名 陰溝，洗滌槽

The foundations of the building have sunken one inch.
大樓的地基下陷了一吋。

☑ **sister**
['sɪstɚ]

名 姐妹，姐，妹，修女　動 姐妹般地對待

Joan and Mary are sisters.
瓊和瑪麗是姐妹。

S

Chapter 19　**s**

單字、音標	詞性、中文解釋、同義字、相關字、例句
☑ **sit** [sɪt]	動坐，就座，座落，占地位，占位置，當代表 He sat himself at a table when he came into the coffee shop. 他走進咖啡館，然後在一張桌子旁坐下。
☑ **situation** [ˌsɪtʃʊˈeʃən]	名位置，地點，地位，情況，局面　動 situate 使位於，使處於 He reads the newspaper every day to understand the situations domestic and abroad. 他每天看報紙，以了解國內外情勢。
☑ **six** [sɪks]	名六，六個 They have to work for six days a week. 他們一星期得工作六天。
☑ **size** [saɪz]	名大小，尺寸，體積，規模，身材，尺碼 動依大小排列（或分類），依一定的尺寸製造 The shop has no dress in your size. 這家店沒有你能穿的衣服。
☑ **skin** [skɪn]	名皮，皮膚，毛皮 Drinking much water is helpful to your skin. 多喝水對皮膚有幫助。
☑ **skirt** [skɝt]	名女裙，下擺，邊緣，郊外　動位於…的邊緣，給…裝邊，避開，迴避 There are many villas around the skirts of the city. 在市郊周圍有許多別墅。

單字、音標	詞性、中文解釋、同義字、相關字、例句
☑ **sky** [skaɪ]	動（物價等）高漲，猛漲　名天，天空，天堂，天國 The radio forecast clear skies tomorrow. 廣播預告，明日天氣晴朗。
☑ **slave** [slev]	名奴隸，苦工　動做苦工，販賣奴隸，奴役 Young ladies are always slaves of fashion. 年輕女孩總是拚命趕時髦。
☑ **sleep** [slip]	名睡眠，昏迷狀態，長眠，死亡，冬眠 動睡，睡眠，睡著，長眠，過夜 After a long time's working, she fell into a deep sleep. 經過一段長時間工作後，她睡得很沈。
☑ **slight** [slaɪt]	形細長的，苗條的，脆弱的，輕微的，微小的 動輕視，藐視，怠慢，疏忽 It was a hot noon even without a slightest wind. 這是一個沒有一絲微風的酷熱下午。
☑ **slip** [slɪp]	動滑，溜，失足，滑倒，失去，滑脫　名滑，溜，錯誤，失誤，下跌，枕套 Time is slipping away when you do everything. 當你在做任何事的時候，時間就悄悄流逝了。
☑ **slow** [slo]	形慢的，緩慢的，慢了的，慢於…的，不精采的，落後的 副緩慢地，慢慢地　動慢下來 Los Angeles is several hours slow on Tokyo. 洛杉磯時間比東京時間晚幾個小時。

單字、音標	詞性、中文解釋、同義字、相關字、例句
☑ **small** [smɔl]	形 小的，少的，小型的，微不足道的，低微的，小氣的 副 細細地，微弱地，輕輕地 A small fault may lead to a big incident. 小錯誤會釀成大事故。
☑ **smart** [smɑrt]	形 輕快的，敏捷的，活潑的，巧妙的，機警的，精明的， 洒脫的，漂亮的，時髦的　動 感痛苦，懊惱，吃苦頭，受 罰 Alice has a smart boyfriend. 愛麗絲有一個聰明的男友。
☑ **smell** [smɛl]	動 嗅，嗅到，察覺，查察　名 嗅覺，氣味，嗅，聞，風味 If the driver smells of wine, he will be fined. 如果司機身上有酒味，就會被罰款。
☑ **smile** [smaɪl]	動 微笑，冷笑，譏笑　名 微笑，笑容，喜色 He was influenced by her smiling face. 她的笑靨影響了他。
☑ **smoke** [smok]	名 煙，煙霧，水汽，霧，抽煙　動 抽煙，冒蒸汽，冒煙， 氣得七竅生煙 My father doesn't smoke now, though he used to smoke 30 cigarettes a day. 我父親過去每天要抽三十根香煙，但現在他不抽了。
☑ **smooth** [smuð]	形 平滑的，光滑的，平坦的，平靜的，平穩的，流暢的， 圓滑的　動 變光滑，變平滑，變平靜，變緩和 The ocean looks calm and smooth. 海面看起來風平浪靜。

單字、音標	詞性、中文解釋、同義字、相關字、例句
☐ **snow** [sno]	動 下雪，雪一般地落下 名 雪，雪般的東西，(pl) 白髮 She was busy with the letters snowing in. 信件如雪片似地飛來，她忙得不可開交。
☐ **so** [so]	副 這樣，這麼，那樣，那麼，如此地，同樣地，也，非常，很，因而，所以 連 因而，所以，結果是，為的是，以便，那麼，這樣看來 介 這樣，如此 Mary did not notice me, so absorbed she was in her homework. 瑪麗非常專注於家庭作業，所以沒有注意到我。
☐ **social** ['soʃəl]	形 社會的，社交的，交際的，喜歡交際的，上流社會的，社會性的 名 聯歡會 They talked about the opinions on various social questions. 他們談論了他們對於各種社會問題的意見。
☐ **soft** [sɔft]	形 軟的，柔滑的，柔和的，溫和的，溫柔的，和藹的 名 柔軟的東西，笨人，傻子 副 柔軟地，溫柔地，溫和地 Jack's foot sank into the soft ground. 傑克的腳陷入鬆軟的地面。
☐ **soil** [sɔil]	動 弄髒，弄污，污辱，敗壞 名 泥土，土壤，土地，國土，溫床 The collar soils most easily. 衣領最易變髒。
☐ **soldier** ['soldʒɚ]	名 士兵，軍人，軍事家，戰士 動 從軍，當兵 He was a soldier in the cause of peace. 他以前是一個維護和平的鬥士。

單字、音標	詞性、中文解釋、同義字、相關字、例句
☐ **some** [sʌm]	代 一部分　形 一些，某些，某一　副 大約，稍微，很，非常好 Some of us would remain here to finish the work. 我們其中幾個人仍會留下來完成這項工作。
☐ **son** [sʌn]	名 兒子，女婿，養子，後裔，子孫 The sons of the first discoverers immigrated to other lands after centuries. 首批發現者的後裔在幾個世紀之後，移居到其他地方去了。
☐ **song** [sɔŋ]	名 歌唱，聲樂，歌曲，歌詞 My sister prefers popular songs than folk songs. 我妹妹喜歡流行歌曲甚於民歌。
☐ **soon** [sun]	副 不久，早，快，寧可，寧願 They reached the station two hours too soon. 他們早到車站二小時。
☐ **sorrow** ['sɑro]	名 悲痛，悲哀，悲傷，不幸事，傷心事，懊悔 動 感到悲傷，懊悔，遺憾 Mary expressed her sorrow over what she had done. 瑪麗為自己的所作所為表示懊悔。
☐ **sort** [sɔrt]	名 種類，品質，性質，一套　動 把…分類，揀選 After graduation from the university he came to know people of every sort and kind in the society. 大學畢業以後，他接觸到社會上各式各樣的人。

單字、音標	詞性、中文解釋、同義字、相關字、例句
☐ **soul** [sol]	名 心靈，靈魂，精神，精力，氣魄，精華，化身 That ship was lost with 300 souls. 那艘船沈沒了，三百人遇難。
☐ **sound** [saʊnd]	名 聲，聲音 動 發聲，聽起來 形 健全的，完好的，正確的，合理的，可靠的 副 徹底地，深沈地 Last night he heard some strange sounds from the outside. 昨晚他聽到從外面傳來一陣怪聲。
☐ **source** [sors]	名 河的源頭，水源，根源，來源 We'll have to find a new source of income to make our finance balanced. 我們必須開闢一個新財源，來維持財務的平衡。
☐ **south** [saʊθ]	名 南，南方，南部 形 南的，南方的，向南的 Tainan is in the south of Taiwan. 台南在台灣的南部。
☐ **space** [spes]	名 空間，太空，空地，餘地，空白，距離 This table occupies so much space that they can't put anything more in that room. 這張桌子占的地方太大，以致於房間裡再也放不下其他東西。
☐ **spare** [spɛr]	動 節約，省用，吝惜，用不著，省掉，抽出 形 節約的，多餘的，剩下的，空閒的，備用的 The students caught the bus with a few minutes to spare. 學生趕上公車時還剩下幾分鐘。

單字、音標	詞性、中文解釋、同義字、相關字、例句
☐ **speak** [spik]	動 說話，講話，談話，發言，演說，說，講 Can you speak slowly? 你能講慢一點嗎？
☐ **special** ['spɛʃəl]	形 特殊的，特別的，專門的，特設的　名 特別的東西， 專車，特刊 On holidays the bus puts on special trains. 在節日時，公車增開專車。
☐ **speed** [spid]	名 快，快速，速度　動 快行，加速 The output of grains increases at a high speed. 糧食產量快速增長。
☐ **spend** [spɛnd]	動 花費，浪費，耗盡，用盡 How do they spend their vacation? 他們怎麼過他們的假期？
☐ **spirit** ['spɪrɪt]	名 精神，心靈，靈魂，精神，風氣，氣魄，情緒，心情， 興致 The prince is admired by people for his noble spirit. 王子因品格高尚而受到人們的愛戴。
☐ **spite** [spaɪt]	名 惡意，怨恨　動 刁難，使惱怒 After the quarrel with him, I have a spite against him. 自從和他吵架後，我對他一直懷恨在心。

單字、音標	詞性、中文解釋、同義字、相關字、例句
☑ **splendid** [ˈsplɛndɪd]	形 有光彩的，燦爛的，壯麗的，輝煌的 It's the most splendid scene he has ever seen. 這是他所見過的最壯觀的景象。
☑ **spoil** [spɔɪl]	動 損壞，搞糟，寵壞，傷害，殺害 The little boy is spoiled by his grandparents. 小男孩被爺爺奶奶寵壞了。
☑ **sport** [sport]	名 娛樂，消遣，游戲，運動，玩笑，玩物 動 炫耀，誇示 Swimming is a splendid sport. 游泳是一項極好的運動。
☑ **spot** [spɑt]	名 點，斑點，污點，缺點，髒點，地點，場所，位置 The woman witness led the police to the spot where the robbery took place. 女目擊證人帶著警察來到搶劫案發現場。
☑ **spread** [sprɛd]	動 伸開，展開，鋪開，攤開，傳播，散布，使延長，擴大，伸展，伸長，傳開 He can spread out the payments on the loan over one year. 他可以把借款分一年攤還。
☑ **spring** [sprɪŋ]	動 跳，躍，湧上，生長，發生，出現　名 跳躍，彈力，活力，彈簧，發條，源泉，春天，春季 A great number of apartments have sprung up in the new area. 在新興地區新建了許多公寓。

S

單字、音標	詞性、中文解釋、同義字、相關字、例句

☐ **square**
[skwɛr]

名 正方形，平方，廣場　形 成直角的，正方形的，矩形的，平方的

The street turned square to the right.
這條路成直角地向右轉去。

☐ **stage**
[stedʒ]

名 舞台，戲劇，場所，階段，層，級，階

The place was the stage of many wars about two thousand years ago.
這地方在二千年前曾是多次戰爭的場所。

☐ **stair**
[stɛr]

名 樓梯，梯級

There's a painting at the head of the stairs.
在樓梯上方有一幅畫。

☐ **stamp**
[stæmp]

名 印，標記，郵票，印花，特徵　動 蓋章於，銘刻，貼郵票於

The accident left its stamp on her mind.
這個意外在她的腦海裡留下不可磨滅的印象。

☐ **stand**
[stænd]

動 站立，位於，存在，忍受

He stood still there for hours.
他就站在那兒好幾個小時。

☐ **standard**
['stændəd]

名 標準，水準，規格　形 標準的，權威的

Both the standards of the people's material and cultural life should be raised.
人民的物質和文化生活水準應該要提高。

單字、音標	詞性、中文解釋、同義字、相關字、例句
☑ **star** [stɑr]	動 扮演主角　名 星，恆星　形 名演員的，明星的 He likes that film, because one of his favorite actresses stars in it. 他喜歡看那部影片，因為是由一位他喜愛的女影星擔綱。
☑ **stare** [stɛr]	動 盯，凝視，顯眼　名 盯，凝視 They stared at her as if they hadn't know her. 他們盯著她看，彷彿不認識她似的。
☑ **start** [stɑrt]	動 出發，開始，發生，突出　名 動身，開始，起跑線 The bus won't start. 這部公車發動不起來。
☑ **state** [stet]	名 情形，狀態，國家，政府，身份，地位，州 動 陳述 They were in quite a state about the news. 他們對這個消息非常興奮。
☑ **station** ['steʃən]	名 位置，車站，電台　動 駐紮，安置 Turn right at the corner then you will find the postal station. 在拐角處右轉，你就會看到郵政局。
☑ **stay** [ste]	動 停止，停留，中止　名 逗留，停留，制止 They intend to stay here until the performance finishes. 他們打算待在這兒直到表演結束。

單字、音標	詞性、中文解釋、同義字、相關字、例句
☑ **steal** [stil]	動 偷，侵占，偷偷地做　名 偷竊，竊得物 His car was stolen while he was in the room. 他在房裡的時候，汽車被偷走了。
☑ **steady** ['stɛdɪ]	形 穩固的，平穩的，穩定的，堅定的　動 穩定，穩固 A cup of coffee will steady our nerves. 喝杯咖啡可以穩定我們的情緒。
☑ **steam** [stim]	名 蒸氣，水蒸氣，精力，輪船　動 蒸，煮 The locomotive was worked by steam in the past. 以前火車是靠蒸汽推動。
☑ **steel** [stil]	名 鋼，鋼鐵，堅硬　形 鋼的，鋼製的 Sophia decided to steel herself not to meet with Dick. 蘇菲亞決心硬著心腸不與狄克見面。
☑ **step** [stɛp]	名 步，腳步，步驟，手段　動 踏 What's your next step? 你們的下一步是什麼？
☑ **stick** [stɪk]	動 黏著，不離，堅持　動 刺，戳，插，貫穿 Peter bought an old car and got stuck with it. 彼得買了一輛舊汽車，無法脫手。

226

單字、音標	詞性、中文解釋、同義字、相關字、例句
☐ **still** [stɪl]	形 靜止的，平靜的，寂靜的　動 靜止，平靜 副 還，仍舊，還要，更 My brother likes to read in the still night. 我哥哥喜歡在萬籟俱寂的夜晚裡讀書。
☐ **stir** [stɝ]	動 動，搖動，激起，鼓動 No one can stir her from her original decision. 誰也不能動搖她最初的決定。
☐ **stock** [stɑk]	名 貯蓄，存貨，股票，公債　動 供應，備置，貯存 This book store keeps a large stock. 這家書店備有大量存貨。
☐ **stone** [ston]	名 石，石頭，寶石　形 石的，石製的 Big stones rolled down the hillside. 大石頭沿著山坡滾下來。
☐ **stop** [stɑp]	動 停止，逗留　名 停止，逗留，句點 I didn't stop working until I was tired out. 我直到疲倦極了，才停止工作。
☐ **store** [stor]	動 貯藏，儲備，供應，供給　名 貯藏，貯存，百貨商店，商店 These fruits store well at a temperature below 10ºC. 這些水果在攝氏10度以下的溫度中，能夠貯藏得很好。

S

Chapter 19

s

單字、音標	詞性、中文解釋、同義字、相關字、例句
☑ **storm** [stɔrm]	名 風暴，暴雨，(政治、社會方面的)風暴，風潮 動 起風暴，刮大風，下暴雨，怒罵 His singing took Tokyo by storm. 他的歌唱風靡了全東京。
☑ **story** ['stɔrɪ]	名 故事，小說，傳奇，軼事 動 用故事描寫，編成故事 The statesman decided to write the story of his life. 這個政治家決定寫下自己一生的故事。
☑ **straight** [stret]	形 直的，挺直的，直接的，可靠的，純粹的 副 直，直接地，一直地，坦率地，立刻 Mary took a straight approach to the plan. 瑪麗對這個計劃採取了立即的處理方法。
☑ **strain** [stren]	動 拉緊，使緊張，濫用，曲解　名 拉緊，緊張，奮力 His eyes strained to catch a glimpse of the mountains in the distance. 他極目望著遠處的群山。
☑ **strange** [strendʒ]	形 陌生的，生疏的，奇怪的，生手的 Mary is surprised at Tony's strange manner. 瑪麗對東尼的異常行為感到驚訝不已。
☑ **stream** [strim]	名 河，川，溪流，流，流出　動 流，流出，展開 (旗幟) Students entered the meeting-room in a steady stream. 學生們陸續地進入會議室。

單字、音標	詞性、中文解釋、同義字、相關字、例句
☑ **strength** [strɛŋkθ]	名 力，力量，力氣，兵力 What you ask me to do is too much for my strength. 你叫我做的事不在我的能力範圍內。
☑ **stretch** [strɛtʃ]	動 張開，拉緊，濫用　形 彈性的 He stretched out his hand to take a cup of tea. 他伸手去拿一杯茶。
☑ **strike** [straɪk]	動 打，擊，使感動，劃（火柴）　名 打擊，毆打，罷工 His righteousness and courage strike me most. 他的正直和勇敢給我留下深刻印象。
☑ **string** [strɪŋ]	動（用線、繩）縛，掛，索，串起　名 線，細繩，鞋帶 These trees were strung along the road. 這些樹木沿著大道排成一行。
☑ **strip** [strɪp]	動 剝，剝去，剝光，奪去，剝奪　名 條，帶 He was stripped to the skin by the robbers. 他被強盜剝光了衣服。
☑ **strong** [strɔŋ]	形 強壯的，堅固地 They held the door back with their strong arms. 他們以結實有力的臂膀把門抵擋住。

Chapter 19　**S**

單字、音標	詞性、中文解釋、同義字、相關字、例句
☑ **struggle** [ˈstrʌgḷ]	名 鬥爭，奮鬥，掙扎　動 鬥爭，奮鬥，努力 A little boat struggled through the storm on the sea. 一隻小船冒著暴風雨在海上航行。
☑ **student** [ˈstjudṇt]	名 學生，學員 There are fifty students in their class. 他們班上有五十個學生。
☑ **study** [ˈstʌdɪ]	名 學習，研究，學科，論文，書房　動 學，學習，研究，考慮 He went abroad to pursue his studies. 他出國繼續求學。
☑ **stuff** [stʌf]	動 裝，把…裝滿，填，塞　名 材料，原料，資料 His study is stuffed with books, I can't find enough room to sit down. 他的書房塞滿了書，我連坐的地方都沒有。
☑ **style** [staɪl]	名 風格，作風，文體，風度，時髦，設計 Simple words is the style of his writing. 他的寫作風格就是用字簡潔。
☑ **subject** [ˈsʌbdʒɪkt]	名 國民，臣民，題目，問題，主題，學科　形 隸屬的，從屬的，受支配的　動 使隸屬，使服從，提出，呈交 Mary's strange clothes were the subject of great amusement. 瑪麗的奇裝異服引人發笑。

單字、音標	詞性、中文解釋、同義字、相關字、例句
☐ **substance** [ˈsʌbstəns]	名 物質，實體，本質，本旨，主旨 He doesn't think there is any substance in her speech. 他覺得她的演講沒什麼內容。
☐ **success** [səkˈsɛs]	名 成功，繼續，繼任，繼承 My sister's efforts were crowned with success. 我姐姐的努力獲得了成功。
☐ **such** [sʌtʃ]	形 這樣的，如此的，這樣，那樣　副 那麼 I've never seen such a pretty girl. 我從未見過如此美麗的女孩。
☐ **sudden** [ˈsʌdn̩]	形 突然的，忽然的，意外的　名 突然發生的事 They are astonished by the sudden news. 他們被這突如其來的消息嚇呆了。
☐ **suffer** [ˈsʌfɚ]	動 經歷，忍受，允許，容忍，受痛苦，患病 These flowers will suffer in the high temperature. 這些花將因高溫而受損。
☐ **sufficient** [səˈfɪʃənt]	形 足夠的，充分的　名 足夠 I have acquired sufficient proficiency to complete the task alone. 我已獲得足夠的能力來獨力完成這項任務。

231

單字、音標	詞性、中文解釋、同義字、相關字、例句
☑ **sugar** [ˈʃʊgɚ]	图 糖，甜言蜜語，阿諛，心愛的人 Much sugar is harmful to your teeth. 多吃糖對牙齒不好。
☑ **suggest** [səgˈdʒɛst]	勔 提議，提出，暗示，啟發 I suggest that you needn't spend much time doing this. 我認為你不必花大量時間來做這件事。
☑ **suit** [sut]	图 請求，求婚，訴訟，訟案，（一套）衣服 勔 適合，適當，相稱 Joan is best suited to visit the teacher on our behalf. 瓊最適合代表我們去探望老師。
☑ **sum** [sʌm]	图 總數，金額，要點　勔 總結，概括，共計 The profits amount to a sum of forty million dollars. 利潤總額達四千萬美元。
☑ **summer** [ˈsʌmɚ]	图 夏天，夏季，壯年，最盛期 They will graduate from university this summer. 今年夏天他們就大學畢業了。
☑ **sun** [sʌn]	图 太陽，日，日光，陽光，恆星 The earth goes round the sun. 地球繞著太陽轉。

單字、音標	詞性、中文解釋、同義字、相關字、例句
☑ **Sunday** [ˈsʌnde]	名 星期日，禮拜日 I always enjoy myself on Sunday. 星期天我總是過得很愉快。
☑ **superior** [səˈpɪrɪɚ]	形 在上的，較高的，上級的，較大的，優良的，高傲的 名 上級，長官，優勝者，修道院院長 This machine is superior in many respects to that. 這台機器在很多方面都比那一台要好。
☑ **supply** [səˈplaɪ]	動 供應，提供，補充 Their neighbors supplied them with water when the waterworks cut off the water supply in their house. 自來水公司切斷他們家的供水後，鄰居向他們提供水源。
☑ **support** [səˈport]	動 支撐，支持，支援，贊助，擁護　名 支持，援助，擁護，生計 Mary had to stop studying to work in order to support her family when her father was dead. 瑪麗的父親死後，她不得不休學工作以維持全家生計。
☑ **suppose** [səˈpoz]	動 猜想，料想，假想 Let us suppose he was still alive. What would he say? 讓我們假設如果他還活著，他會說什麼？
☑ **sure** [ʃʊr]	形 確信的，一定的，確實的，可靠的 副 的確，一定 I'm not sure whether it is him. 我不能確定那是否就是他。

單字、音標	詞性、中文解釋、同義字、相關字、例句
☐ **surface** [ˈsɝfɪs]	名 表，表面，外觀　形 表面的，外觀的，水面上的 動 使光滑，使出現 There's a stick on the surface of the lake. 湖面上漂著一節樹枝。
☐ **surprise** [səˈpraɪz]	動 使驚奇，使感到意外，突然襲擊　名 驚奇，詫異 Mary didn't feel surprised to see him at the meeting. 在會場上看到他，瑪麗一點也不驚訝。
☐ **surround** [səˈraʊnd]	動 圍，圍繞，包圍 His house was surrounded by trees. 他的房子周圍全是樹。
☐ **sweet** [swit]	形 甜的，甜味的，滋味好的，愉快的　名 甜食，蜜餞，糖果 He has a very beautiful sweet voice. 他的聲音非常好聽。
☐ **swell** [swɛl]	動 膨脹，腫脹，上漲，增長　名 膨脹，增大，浪濤 The enrollment of the association swelled to 10,000 at last. 入會人數最後增至一萬人。
☐ **swim** [swɪm]	動 游，游泳，浮，漂浮　名 游泳，漂浮 It's dangerous for children to swim in rivers. 孩童在河裡游泳很危險。

單字、音標	詞性、中文解釋、同義字、相關字、例句
☐ **swing** [swɪŋ]	働 搖擺，擺動，懸空，旋轉，轉向　图 搖擺，擺動，音律， 節奏，鞦韆 He swung his fist, giving the boy a blow on the head. 他揮動拳頭，在這個男孩頭上擊了一拳。
☐ **sword** [sord]	图 劍，刀，武力，兵權 The pen is mightier than the sword. 筆桿的威力勝過武力。
☐ **system** ['sɪstəm]	图 系統，體系，制度，方法，方式，秩序 Too much alcohol is harmful for your system. 酗酒對身體有害。

單字、音標	詞性、中文解釋、同義字、相關字、例句
☐ **table** ['tebl̩]	图 桌子，檯子，餐桌，表格 They returned at the conference table after a short rest. 稍做休息後，他們又回到會議桌上。
☐ **tail** [tel]	图 尾巴，尾狀物，長隊，長列　圈 尾部的，後部的，後 面來的 Get rid of the tail and scales before you cook the fish. 煮魚之前，先把魚尾巴和魚鱗去掉。
☐ **take** [tek]	働 拿，取，握，執，捕，捉，占領，獲得，享受，採用， 食，飲，吸，乘，坐，訂購，了解，作，行 Will this road take me to your home? 走這條路能到你家嗎？

T

單字、音標	詞性、中文解釋、同義字、相關字、例句
☑ **tale** [tel]	图 故事,傳說,敘述,流言 On returning, he told us the tale of his adventurous experience in the forest. 一回來,他就將他在森林中的驚險故事講述給我們聽。
☑ **talk** [tɔk]	勔 講話,談話,演講,閒聊,說閒話,談論,討論 Deaf-mutes talk with gestures. 聾啞人用手勢交談。
☑ **tall** [tɔl]	形 身材高的,高的 Tony is such a tall man that she can't touch his head. 東尼人太高了,她連他的頭都摸不到。
☑ **task** [tæsk]	图 任務,工作,作業,功課 Mother set Mary the task of sweeping the floor. 媽媽派給瑪麗擦地板的工作。
☑ **taste** [test]	图 味覺,味道,滋味,感受,體驗　勔 嘗,感到,體驗 This is his first taste on the stage. 這是他在舞台上的初次體驗。
☑ **tax** [tæks]	图 稅,負擔,壓力 Paying taxes is an obligation of every citizen. 繳納稅金是每個公民的義務。

單字、音標	詞性、中文解釋、同義字、相關字、例句
☐ **tea** [ti]	名 茶葉，茶，茶點，茶會 One more tea, please. 請再來一杯茶。
☐ **teach** [titʃ]	動 教，講授，教育，教訓 He teaches himself English in his spare time. 他閒暇時自學英語。
☐ **team** [tim]	名 隊，組 Mary joined the basketball team of the school. 瑪麗參加了學校的籃球校隊。
☐ **tear** [tɛr]	動 撕開，撕裂，扯破 名 [tɪr] 眼淚，淚珠，撕，扯，裂縫 Her dress tore when it caught on the nail. 她的衣服勾住釘子、撕破了。
☐ **television** [ˈtɛləˌvɪʒən]	名 電視，電視廣播事業 Watching television is how we spend our free time. 看電視是我們消磨時間的方式。
☐ **tell** [tɛl]	動 講述，說，告訴，吩咐，命令，辨別，分辨 動 講述，確定地說出來 My good friend told her secrets to me. 我的好友將她的秘密告訴了我。

單字、音標	詞性、中文解釋、同義字、相關字、例句
☑ **telephone** ['tɛlə,fon]	動 打電話，通電話　名 電話，電話機 Mary will telephone John to come immediately. 瑪麗打電話給約翰，要他趕快來。
☑ **temperature** ['tɛmpərətʃɚ]	名 溫度，體溫，寒熱 What's the average temperature in Tokyo on a winter's day? 東京冬季每日的平均溫度多少？
☑ **temple** ['tɛmpl]	名 聖堂，神殿，廟宇，寺院，教堂 The Temple of Heaven in Beijing city is a must for visitors. 北京天壇是觀光客必到之處。
☑ **ten** [tɛn]	名 十，十個 Now, it's ten to five. 差十分鐘就是五點了。
☑ **tend** [tɛnd]	動 照管，照料，護理，管理 Who's tending the shop while you're on vacation? 你去度假時，誰顧店？
☑ **tender** ['tɛndɚ]	動 提供，投標　形 親切的，柔和的　名 看守者 Mary tendered her resignation to the manager but the manager asked her to reconsider her decision. 瑪麗向經理提出辭呈，但經理要她再考慮。

單字、音標	詞性、中文解釋、同義字、相關字、例句
☑ **tent** [tɛnt]	🔲 露營　🔲 帳篷，帳棚 They tented in the forest for a week. 他們在森林裡宿營了一個月。
☑ **term** [tɜm]	🔲 期，期限，學期，限期，條件，條款，費用，價錢，友誼，地位，詞語，術語　🔲 把…稱為，把…叫做 🔲 termless 無窮的，無限的，無條件的 When does his term as mayor expire? 他的市長任期什麼時候期滿？
☑ **terrible** ['tɛrəbl̩]	🔲 可怕的，駭人的，極度的，極壞的，了不起的 🔲 terribly 可怕地，極度地，極壞地　🔲 terribleness 可怕，駭人的東西 Tony felt shameful for his terrible performance on stage last week. 東尼為上週的糟糕演出感到難為情。
☑ **territory** ['tɛrə,torɪ]	🔲 領土，版圖，領地，地區，區域，（行動、知識）領域，範圍 How much territory does Greece have? 希臘的領土有多大？
☑ **test** [tɛst]	🔲 試驗，化驗，化驗劑，檢驗，測驗，考查，小考，考驗，甲殼　🔲 測驗，試驗，檢驗，化驗，考驗，考查 We had a test in English yesterday. 昨天我們做了一次英文測試。
☑ **than** [ðæn]	🔲 比，除…（外），與其…（寧願…），就　🔲 比 She speaks English better than her sister. 她英文說得比她姐姐（妹妹）好。

單字、音標	詞性、中文解釋、同義字、相關字、例句
☐ **thank** [θæŋk]	動 謝謝，感謝，要…負責，責怪，請　名 感謝，謝忱，謝意 A thousand thanks for his kindness. 非常感謝他的好意。
☐ **theater** [ˈθiətɚ]	名 戲院，劇場，電影院，劇，戲劇 They always go to the theater on Sunday. 他們常常在週日去看戲。
☐ **then** [ðɛn]	副 當時，到那時，然後，接著，於是，那麼，而且，另外 形 當時的　名 那時 They lived in the city then. 那時他們住在城裡。
☐ **theory** [ˈθiərɪ]	名 理論，學理，原理，學說，論說，…論，意見，推測 It's important to understand the theories first. 首先要了解理論，這是最重要的。
☐ **thick** [θɪk]	形 厚的，粗的，粗壯的，密的，茂密的　副 厚，濃密，濃，強烈地 The air was thick with the scent of flowers. 空氣中瀰漫著濃濃的花香味。
☐ **there** [ðɛr]	副 在那裏，那裏，在那點上 Turn to the right at the first building and there you are. 向左轉，第一棟建築物就到了。

☑ **thin**
[θɪn]

形 薄的，細的，瘦的，稀薄的　副 薄，細，稀

Mary became rather thin after the operation.

瑪麗手術後瘦了許多。

☑ **thing**
[θɪŋ]

名 物，東西，事物

There is an important thing I want to discuss with you.

我有一件重要的事要和你討論。

☑ **think**
[θɪŋk]

動 想，思考，想出，想起，認為，以為，料想

I don't think they are meeting on time.

我認為他們不會準時碰面。

☑ **though**
[ðo]

連 雖然，儘管，即使，可是，然而　副 可是，不過

Jack went with his friends even though he didn't want to.

儘管傑克不想，但他還是和朋友一起去。

☑ **thread**
[θrɛd]

動 串，通過　名 線，絲，頭緒，思路，貫穿著的東西

The little girl threaded the flowers together and wore them round her neck.

小女孩把花串起來，戴在脖子上。

☑ **threat**
[θrɛt]

名 威脅，恐嚇，凶兆，壞兆頭　動 威脅，恐嚇，恫嚇

While the criminal is free he is a threat to everyone in the village.

犯人逍遙法外，對村裡的每個人都是一大威脅。

T

Chapter 20　**T**

241

單字、音標	詞性、中文解釋、同義字、相關字、例句
☑ **three** [θri]	名 三，三個 He told the patient to take his medicine three times in one day. 他告訴病人，一日吃三次藥。
☑ **throat** [θrot]	名 咽喉，喉嚨，嗓音，嗓門 He has a sore throat today, so he went to see a doctor. 今天他的喉嚨痛，所以去看醫生。
☑ **through** [θru]	介 穿過，通過，經由，由於，因為　副 對穿，穿過，通過，到底，透，徹底 The river flows through the village from north to south. 那條河從北到南流過村莊。
☑ **throw** [θro]	動 投，擲，拋，扔，拋棄，放棄 Tony was thrown by a buffalo to the ground, and his leg was hurt. 東尼從牛背上摔下來，腳受傷了。
☑ **thus** [ðʌs]	副 如此，這樣，因而，例如 His car was held up by the flood, thus causing the delay. 他的車被洪水所阻，因而耽擱了。
☐ **ticket** ['tɪkɪt]	名 票，券，車票，入場券 He leaves two tickets for you, so you can take your mother along with you. 他為你留了兩張票，所以你可以帶你的媽媽一起去。

單字、音標	詞性、中文解釋、同義字、相關字、例句
☐ **tie** [taɪ]	動 結合，結成，打結，能打結，不分勝負 名 帶子，線，繩，鞋帶，領帶，領結，聯繫 He bent down and tied his shoelaces. 他彎下腰來繫鞋帶。
☐ **time** [taɪm]	名 時，時間，時刻，期限，時代，次數，次，倍，乘 You should treasure your last time to be a student. 你應該珍惜你最後一次當學生的機會。
☐ **tiny** ['taɪnɪ]	形 極小的，微小的 Only a tiny minority is on Alice's side. 只有極少數人站在愛麗絲這邊。
☐ **tip** [tɪp]	動 傾斜，傾覆，給小費 名 梢，尖端，小費 The storm nearly tipped over the house. 暴風雨幾乎把屋子颳倒。
☐ **tired** [taɪrd]	形 疲勞的，累的，厭倦的，厭煩的，破舊的 Grace is tired of her mother's nagging at her. 葛瑞絲對於她媽媽喋喋不休的責罵感到厭煩。
☐ **title** ['taɪtl]	名 標題，題目，書名，篇名，扉頁，稱號，頭銜 動 加標題於，授予…稱號 Miss. Cheng is the heir of this millionaire, and has the title to deal with the legacy. 陳小姐是百萬富翁的繼承人，有權處理遺產。

T

Chapter 20

T

單字、音標	詞性、中文解釋、同義字、相關字、例句
☑ **today** [tə'de]	副 在今天，現在，當代　名 今天，現在，當代 Father promised to bring me to visit the zoo today. 爸爸承諾今天帶我去動物園玩。
☑ **together** [tə'gɛðɚ]	副 共同，一起，一致地，集合起，總合地，相互 Mary wants to go together with John to watch the football game. 瑪麗要和約翰一起去看足球比賽。
☑ **tomorrow** [tə'mɑro]	副 在明天　名 明天，來日 I have a date tomorrow, so I can't meet with her. 明天我有一個約會，所以不能和她見面。
☑ **tone** [ton]	名 音，音質，音調，語調，色調，心情，心境 You should pay attention to the rising and falling tones in your English pronunciation. 你應注意一下你英文發音中的升降調。
☑ **tongue** [tʌŋ]	名 舌，舌頭，口才，口語　動 責罵，說，講 Tongues of flame shot out from the burning building. 火舌從燃燒的大樓裡吐了出來。
☑ **too** [tu]	副 也，而且，還，太，非常，很 The teacher reads too fast and I can't follow her. 老師唸得太快，我跟不上。

單字、音標	詞性、中文解釋、同義字、相關字、例句
☐ **tooth** [tuθ]	名 牙齒，齒狀物，嗜好 It's not good for your teeth if you eat a lot of candy. 吃太多糖，會對你的牙齒不好。
☐ **top** [tɑp]	名 頂，頂端，上面，開端　動 蓋，給…加蓋，勝過 The output of cotton has reached the top in the record. 棉花產量達到了紀錄上的最高點。
☐ **total** ['totl]	形 總的，總括的，全體的，完全的　名 總數，總額 He guesses this hall can hold a total number of one thousand people. 他猜這個禮堂總共可以容納一千名聽眾。
☐ **touch** [tʌtʃ]	名 觸，碰，輕繫，按，觸覺，觸感 動 觸摸，接觸，碰到，感動，涉及，論及 He gave me a touch on the shoulder when he came in. 他進來時，輕輕在我肩上拍了一下。
☐ **toward** [tə'wɔrd]	介 向，朝，對於，接近 He'll do all he can toward getting things ready. 他將盡力做好準備。
☐ **tower** ['tauɚ]	動 屹立，高聳　名 塔，城樓，堡壘 There are many ancient trees towering to the skies in the park. 公園裡有許多參天古樹。

單字、音標	詞性、中文解釋、同義字、相關字、例句
☐ **town** [taʊn]	名 鎮，市鎮，城鎮，都市，市區，商業中心區 She lives in a small town. 她住在小鎮裡。
☐ **toy** [tɔɪ]	名 玩具，玩物，遊戲，小裝飾品　動 調情，玩弄 Ann bought a toy truck as the birthday gift for her daughter. 安買了一輛玩具卡車，作為她女兒的生日禮物。
☐ **trace** [tres]	名 痕跡，足跡，遺跡，小徑，道路　動 跟蹤，追蹤，查出，探索，追溯 Age has left its trace on her face. 歲月在她臉上留下了痕跡。
☐ **track** [træk]	名 行蹤，軌跡，路，小徑，小道，軌道，歷程 動 跟蹤，追蹤，沿著走 The tracks in the snow were very clear. 雪地上的足跡非常清晰。
☐ **trade** [tred]	名 貿易，商業，交易，生意，職業，行業 動 交易，經商，對換 Joan is a businessman who does a large trade in tea. 瓊是一個做大宗茶葉生意的商人。
☐ **trail** [trel]	動 跟蹤，拖，曳　名 痕跡，足跡，殘跡 Her skirt is so long that it trails on the ground. 她的裙子長得拖地了。

單字、音標	詞性、中文解釋、同義字、相關字、例句
☐ **train** [tren]	動 培養，訓練，教育 名 列車，火車，（行進中的）長列，隊列 Not the slightest error in grammar escapes his trained eye. 再小的語法錯誤也逃不過他訓練有素的眼睛。
☐ **travel** [ˈtrævl]	動 旅行，作旅行推銷，飛馳，行進　名 旅行，(pl) 旅行筆記 My mind traveled back to that happy summer holiday. 我的思緒回到了那個快樂的暑假。
☐ **treasure** [ˈtrɛʒɚ]	名 金銀財寶，財富，不可多得的人才 動 珍藏，銘記 Many priceless art treasures are on show in the exhibition hall these days. 最近展覽館展出了許多無價藝術珍品。
☐ **treat** [trit]	動 對待，看待，把…看作，處理，款待，請（客），處理 動 交涉，談判，請客 Don't treat your dog cruelly. 別虐待你的狗。
☐ **tree** [tri]	名 樹，喬木，樹狀灌木 When Jack was a child, he was good at climbing trees. 傑克小時候很擅長爬樹。
☐ **tremble** [ˈtrɛmbl̩]	動 發抖，震顫，焦慮，擔憂，搖晃　名 顫抖，一陣哆嗦 I kept trembling at thinking of his threatening words. 一想到他威脅我的話，我就不寒而慄。

單字、音標	詞性、中文解釋、同義字、相關字、例句
☐ **trial** ['traɪəl]	图 試，試驗，考驗，痛苦，審判，預賽，嘗試，努力 形 嘗試的，試驗性的，試製的 Peter had appointed an employee for a trial period to see how he does the job. 彼得試用了一位僱員，看看他工作表現如何。
☐ **tribe** [traɪb]	图 部落，宗族，幫 The whole tribe are for a war against their enemy. 整個部落都贊成向敵人開戰。
☐ **trick** [trɪk]	图 詭計，奸計，騙局，謀略，惡作劇　動 惡作劇，戲弄 She learned the trick of swimming from her brother. 她從哥哥那兒學會游泳的竅門。
☐ **trip** [trɪp]	動 輕快地走（或跑），輕快地跳舞，絆　動 絆，使受挫，挑剔　图 絆，失足，過失，旅行，行程 He has a great desire for a trip around the world. 他一直渴望做一次環球旅行。
☐ **troop** [trup]	图 一群人，一團，(pl) 軍隊，部隊 The movie star was surrounded by troops of her fans. 這位影星被許多影迷圍繞著。
☐ **trouble** ['trʌbl̩]	图 煩惱，苦惱，憂慮，困難，麻煩，辛勞，疾病，故障 動 煩惱，苦惱，費心，費神 I have trouble understanding your words. 我很難理解你說的話。

單字、音標	詞性、中文解釋、同義字、相關字、例句
☐ **true** [tru]	形 真的，確實的，忠實的，可靠的，正確的，合法的，挺直的　副 真實地，準確地　名 真實，真理 Is it true that we don't go to school tomorrow? 我們明天真的不必上課嗎？
☐ **trust** [trʌst]	動 相信，信賴，倚靠，希望 名 信任，信賴，信心，希望，託管，信託 You shouldn't trust such a bad man. 你不應該相信這樣的一個壞人。
☐ **try** [traɪ]	動 試，嘗試，試圖，試用，試驗，考驗，磨練，審問，審判 Each machine is tried before it is sold. 每一台機器在銷售前，都要經過檢驗。
☐ **turn** [tɝn]	動 旋轉，轉動，翻轉 They turned their flight southwards. 他們轉向南飛行。
☐ **twelve** [twɛlv]	名 十二，十二個 There are twelve months in a year. 一年有十二個月。
☐ **two** [tu]	名 二，兩個 He cut the orange into two. 他把橘子一分為二。

T

Chapter 20　**T**

單字、音標	詞性、中文解釋、同義字、相關字、例句

☐ **type**
[taɪp]

名 型，式，典型，樣，模範，樣本，象徵，符號
動 打字

I don't know my blood type.
我不知道自己的血型。

☐ **uncle**
[ˈʌŋkl̩]

名 伯父，叔父，舅父，姑丈，姨丈

I visit my uncle who lives by the sea every summer.
我每個夏天都會去探望住在海邊的叔叔。

☐ **understand**
[ˌʌndɚˈstænd]

動 懂，理解，了解，熟悉，通曉

I can't understand his purpose for doing this.
我無法理解他這樣做的目的。

☐ **uniform**
[ˈjunəˌfɔrm]

形 相同的，一致的，一貫的，均勻的
名 制服，軍服

I have two bags of uniform size and shape.
我有兩個大小和形狀都一樣的提包。

☐ **union**
[ˈjunjən]

名 聯合，合併，聯邦，聯盟，協會，公會，結婚

His family keeps in perfect union with their neighbors.
他家和左鄰右舍相處融洽。

☐ **university**
[ˌjunəˈvɝsətɪ]

名 大學，大學人員（包括學生、教職員等）

Several new universities have been built this year.
今年蓋了好幾所新大學。

單字、音標	詞性、中文解釋、同義字、相關字、例句
☑ **unknown** [ʌnˈnon]	形 不知道的，未知的，陌生的 An unknown man sent me to the hospital. 一個陌生人把我送到醫院。
☑ **unless** [ənˈlɛs]	連 如果不，除非　介 除…之外 I won't go to the cinema unless he will go with me. 除非他和我一起去看電影，否則我不去。
☑ **until** [ənˈtɪl]	連 介 直到…為止，在…以前，不到…（不） Jack's wife stayed until he was back late last night. 傑克的太太昨晚一直等到他深夜回來時。
☑ **up** [ʌp]	動 增加，加速，舉起　副 向上地，在較高的地方，上漲 介 向上，向上游，向內地，沿　形 向上的，上行的 Prices are upped by ten percent this year due to the inflation. 由於通貨膨脹，物價在一年內上漲了 10%。
☑ **urge** [ɝdʒ]	動 推進，驅策，催促，慫恿　名 強烈的欲望，衝動，推動力 They urged that we should put the law into practice. 他們極力主張我們應將這項法令付諸實施。
☑ **use** [juz]	動 用，使用，應用，使出，行使，運用，耗費，消費 名 [jus] 用，使用，應用，運用，利用 I want to use the phone. 我想使用電話。

單字、音標	詞性、中文解釋、同義字、相關字、例句

☑ **usual**
['juʒuəl]

形 通常的，平常的，慣常的　　副 usually 慣常地

It is usual for Mary to get up at five in the morning.
瑪麗通常在早上五點鐘就起床了。

MP3-23

☑ **vain**
[ven]

形 徒勞的，徒然的，虛浮的，自負的，愛虛榮的

His efforts turned out to be in vain at last.
他付出的努力最後徒勞無功。

☑ **valley**
['vælɪ]

名 (山) 谷，溪谷

We had got at the valley before it was dawn.
我們在天亮之前就到達了溪谷。

☑ **value**
['væljʊ]

名 價值，價格，交換力，購買力　　動 評價，尊重，重視

This information will be of great value to us in our research of history.
這項資料對我們研究歷史將有很大的價值。

☑ **variety**
[və'raɪətɪ]

名 多樣化，變化，種類

They arrived late at the meeting for a variety of reasons.
他們因不同的理由而開會遲到。

☑ **vast**
[væst]

形 巨大的，龐大的，大量的，巨額的
名 無際的空間

The vast plains stretch for more than 1,000 miles.
廣闊的平原綿延一千多哩。

單字、音標	詞性、中文解釋、同義字、相關字、例句
☑ **vegetable** ['vɛdʒətəbl̩]	图 植物，蔬菜，生活呆板單調的人 He grows many kinds of vegetables and flowers in his backyard. 他在自家的後院裡種了許多種蔬菜和花。
☑ **very** ['vɛrɪ]	形 同一的，真正的，特別的，特殊的 副 很，頗，甚，極 He phoned to tell me at the very moment. 他在那個非常時刻打電話給我。
☑ **vessel** ['vɛsl̩]	图 容器，器皿，船，飛船，飛機 The port of Singapore is filled with vessels of all kinds. 新加坡港口滿是各式各樣的船隻。
☑ **victory** ['vɪktərɪ]	图 勝利，戰勝 He won the victory over his opponents in the election. 他在競選中擊敗對手，贏得了勝利。
☑ **view** [vju]	图 看，眺望，觀察，視力，風景，景色，觀點，意見，目的 The movie star stood in full view of all the spectators. 電影明星站在大家都能看得到的地方。
☑ **village** ['vɪlɪdʒ]	图 鄉村，群落　形 村的，村莊的，鄉下的 The whole village is going to the wedding party of Mr. Wilson's daughter today. 今天全村都要去參加威爾先生女兒的婚禮。

單字、音標	詞性、中文解釋、同義字、相關字、例句

☑ **virtue**
['vɜtʃʊ]

名 善德，美德，貞操，優點

Continuity is one of the virtues of this article.

連貫性是這篇文章的優點之一。

☑ **visit**
['vɪzɪt]

動 訪問，拜訪，探望，參觀，遊覽，閒談
名 訪問，參觀，遊覽，逗留，調查，出差

Next week Mary will go to visit an old friend for several days.

下週瑪麗要去一個老朋友家玩幾天。

☑ **voice**
[vɔɪs]

名 說話聲，嗓音，發言權，喉舌，代言人
動 表達，吐露

He lost his voice because he spoke too much at the meeting yesterday.

由於他昨天在會議上說太多話，聲音變啞了。

☑ **volume**
['vɑljəm]

名 卷，冊，書籍，容積，容量 動 把…收集成卷，把…裝訂成冊 形 大量的

The reservoir has a volume of 100,000 CUBIC meters of water.

這座水庫的儲水量有十萬立方公尺。

☑ **vote**
[vot]

名 選舉，投票，表決，票，選票，選舉權
動 投票，表決，發表意見

At the election, Jack will give his vote to Clinton.

選舉時，傑克會投柯林頓一票。

Chapter 23　W　　　　　　　　　　　　　　　　MP3-24

☑ **wage**
[wedʒ]

名 工資，工錢，報答，報酬 動 從事，進行，作，開展

Mary prefers to stay in the foreign company because of its good wages and good environment.

瑪麗願意留在這家外國公司，因為這裡的工資優厚、環境好。

單字、音標	詞性、中文解釋、同義字、相關字、例句
☑ **wagon** ['wægən]	图 四輪運貨馬車，旅行車，小型客車　圗 用運貨馬車運輸貨物，乘運貨車旅行 The history museum has an old wagon on show which was produced one hundred years ago. 歷史博物館裡展出一輛一百年前製造的老式四輪貨車。
☑ **wait** [wet]	圗 等，等候，等待 They waited for one hour. 他們等了一個小時。
☑ **wake** [wek]	圗 醒，醒來，醒著，覺醒，覺悟 The noise woke up the baby. 吵鬧聲把寶寶吵醒了。
☑ **walk** [wɔk]	圗 走，步行，散步　图 走，步行，散步，走步的姿態 They walk about in the park every night. 他們每天晚上都在公園裡散步。
☑ **wall** [wɔl]	图 牆，壁，圍牆，城牆　圕 牆壁的，靠牆的 What's the color of the wall in your house? 你家牆壁是什麼顏色？
☑ **wander** ['wɑndɚ]	圗 閒逛，漫步，徘徊，徬徨 Her mind wandered back to her childhood. 她回想起她的童年時代 。

單字、音標	詞性、中文解釋、同義字、相關字、例句
☑ **want** [wɑnt]	動 要，想要，需要，應該　名 需要，需求，必需品，缺少，缺點 I don't want there to be any mistakes in the process of the work. 我不希望在工作過程中出現什麼差錯。
☑ **war** [wɔr]	名 戰爭，戰術，鬥爭 A cold war began after the Second World War in the world society. 第二次世界大戰後，國際社會開始了冷戰。
☑ **warm** [wɔrm]	動 使暖和，使溫暖，使暖熱，使興奮　形 暖和的，溫暖的，暖熱的 The coffee is warming up on the stove. 咖啡正在爐子上溫熱。
☑ **warn** [wɔrn]	動 警告，告誡 The weather station warned that a typhoon was coming. 氣象台預報將有颱風。
☑ **wash** [wɑʃ]	動 洗，洗滌，沖出，沖蝕　名 洗，洗滌，沖洗 You must wash your hands before the meal. 飯前記得洗手。
☑ **waste** [west]	動 浪費，消耗　名 浪費，損耗，未開墾地，垃圾，廢物 Don't waste time on persuading Mary to join us at the party any more. 不要再浪費時間去勸瑪麗加入我們的聚會了。

256

單字、音標	詞性、中文解釋、同義字、相關字、例句
☐ **watch** [wɑtʃ]	動 看，注視，看守，守護，照管，注意，等待，監視 名 手錶，掛錶，看守，守護 There are many guards watching inside and outside the prison. 監獄內、外有許多守衛監視著。
☐ **water** ['wɑtɚ]	名 水，(pl) 礦泉水，水深，水位，水面 動 灌溉，供給…飲水，沖淡 Man can't live without water. 人沒有水就不能生存。
☐ **wave** [wev]	動 波動，飄揚，起伏，致意　名 波，波浪，波濤 Seen from the top, the terrain curves and waves. 從上看去，地形蜿蜒起伏。
☐ **way** [we]	名 路，道路，路程，方向，方法，手段，方式，情形 On her way home, she was kidnapped by several criminals. 在回家的路上，她被幾個罪犯綁架。
☐ **weak** [wik]	形 虛弱的，弱的，衰弱的，軟弱的，懦弱的 Michael became weaker since the illness grew worse. 麥可的病情惡化後，身體更衰弱了。
☐ **wealth** [wɛlθ]	名 財富，財產，資源，豐富，大量 Health is more important than wealth. 健康比財富重要。

單字、音標	詞性、中文解釋、同義字、相關字、例句
☐ **wear** [wɛr]	動 穿，著，戴，佩，蓄，帶有　名 穿，佩，戴，衣服，損耗，耐用性 As the night wore on, I felt tired more and more. 隨著夜深，我覺得越來越疲倦。
☐ **weather** ['wɛðɚ]	名 天氣，處境，境遇　動 使褪色，侵蝕，風乾，度過 They will go to see a movie if the weather permits tomorrow. 明天如果天氣好，他們就要去看電影。
☐ **week** [wik]	名 星期，週 My son spends the week at school and goes home on Saturday. 我的兒子平常都在學校，星期六才回家。
☐ **weight** [wet]	名 重要性，勢力，重，重量，體重，重量單位，負擔，重大，力量，勢力　動 壓迫，稱⋯的重量 What Mary said has great weight with me. 瑪麗所說的對我極為重要。
☐ **welcome** ['wɛlkəm]	形 受歡迎的，可喜的，來得正好的　名 歡迎，迎接　動 歡迎 You are welcome to give me your suggestions on that plan. 歡迎你針對該計劃給我一些建議。
☐ **well** [wɛl]	副 充分地，全然地　名 井，泉水，泉，池，好，美滿　形 健康的，恰當的，幸運的，良好的，有錢的 I knew perfectly well that Jocelyn wouldn't come to meet him. 我很清楚地知道瓊斯林不會來見他。

單字、音標	詞性、中文解釋、同義字、相關字、例句
☑ **west** [wɛst]	名 西，西部，西方，西風　形 西方的，朝西的 副 在西方 The sun rises in the east and sets down in the west. 太陽從東方升起，在西方落下。
☑ **wet** [wɛt]	形 濕，潮的，下雨的，弄錯了的，喝醉的　名 潮濕，濕氣，液體，雨天　動 把…弄濕，把…尿濕，為（某事）喝酒慶祝 The dresses are too wet to be worn by anyone. 衣服太濕了，沒有人能穿。
☑ **what** [hwɑt]	代 什麼，所…的事物　形 什麼，多麼，何等，所…的 副 在哪一方面，到什麼程度　嘆（表示驚訝，氣憤等）什麼，（常用於句尾）是不是，不是嗎 What kinds of flowers do you prefer to buy? 你喜歡買哪些花？
☑ **wheel** [hwil]	名 輪，車輪，輪狀物，機關，重要人物　動 旋轉，轉彎，盤旋，騎自行車 He is very tired. Will you take the wheel? 他很累，你來替他開好嗎？
☑ **when** [hwɛn]	副 什麼時候，何時，當…時　連 當…時，一…（就…），如果，雖然，（然）而，可是　代 什麼時候，那時　名（事件發生的）時間 You can phone me when you need my help. 需要我的幫助時，你可以打電話給我。
☑ **where** [hwɛr]	副 在哪裏，往哪裏，在…的地方，到…的地方 代 哪裏　名 地點　代 whereas 有鑒於，而，卻，反之 Does he know from where Mary got the news? 他知道瑪麗是從哪兒得知這個消息的嗎？

單字、音標	詞性、中文解釋、同義字、相關字、例句
☑ **whether** [ˈhwɛðɚ]	連 是否　代形 哪一個，二者之一 We wonder whether the game will be held. 我們不知道比賽是否會舉行。
☑ **which** [hwitʃ]	代 哪一，那一個，那一些 形 哪一個，哪一些，這個，這些，無論哪個 Which boy do you like best? 你最喜歡哪個男孩？
☑ **while** [hwaɪl]	名 一會兒，一段時間　代 當…的時候，而，然而，雖然，儘管，只要　動 消磨 She hasn't come to school for a long while. 她已很久沒來上學了。
☑ **whisper** [ˈhwɪspɚ]	動 低語，耳語，（樹木等）發沙沙聲，（風）發颯颯聲 Ann heard her father whispering about my tuition to my mother. 安聽見他的父親低聲跟我的母親談論我的學費問題。
☑ **whistle** [ˈhwɪsl]	動 吹口哨，鳴笛，吹哨子，（獸）嘯叫，（鳥）囀鳴 名 口哨，笛，汽笛，哨子，笛聲，哨子聲 A bullet whistled over my head. 一顆子彈從我頭上呼嘯而過。
☑ **white** [hwaɪt]	形 白的，蒼白的，白種（人）的，清白的，純潔的 名 白色，潔白，白種人 Linda's face turned white when she heard her boss coming. 琳達聽到老闆的腳步聲時，臉色發白。

單字、音標	詞性、中文解釋、同義字、相關字、例句
☐ **whole** [hol]	形 完整的，齊全的，無缺的，整個的，全部的，全體的，整整的　名 全部，全數，全體，整個，整體 They spent their whole time studying Japanese. 他們把所有的時間都用在學日文上。
☐ **wide** [waɪd]	形 寬闊的，寬鬆的，廣闊的，廣大的，廣泛的　副 廣大地，廣闊地，全部地，充分地　名 廣大的世界 They stared with wide eyes at so much money. 他們睜大了雙眼看著這一大堆錢。
☐ **wife** [waɪf]	名 妻，已婚婦女，婦人 Tony's friends envy him for his beautiful wife. 東尼的朋友們羨慕他有一個美麗的妻子。
☐ **wild** [waɪld]	形 瘋狂的，熱烈的，野生的，未馴服的，野蠻的，未開化的，原始的　副 狂暴地，胡亂地　名 荒地，荒野 The whole school is wild about basketball. 全校的學生都熱衷於籃球。
☐ **will** [wɪl]	助 將，願意，願望，能，可以，必須　名 意志，意志力，決心，意願，目的，遺囑　動 行使意志力，下決心，願意 He will go to school. 他將去學校。
☐ **win** [wɪn]	動 獲勝，贏，成功，成為，達到　名 勝利，贏，贏得物 Their experiment finally won through all the difficulties. 他們的實驗經過種種困難，終於取得了成功。

單字、音標	詞性、中文解釋、同義字、相關字、例句
☑ **wind** [waɪnd]	動 使通風，使吹乾，嗅出，使喘氣，吹號角 名 [wɪnd] 風，氣息，呼吸，氣味，風聲，時尚，趨勢 A stream winds its way through the valley. 一條小溪在山谷中蜿蜒地流著。
☑ **window** ['wɪndo]	名 窗子，窗戶，窗口，櫥窗 The window looks out towards a big square. 窗戶正對著一個大廣場。
☑ **wine** [waɪn]	名 葡萄酒，果子酒，酒，藥酒　動 （請…）喝酒 We drank several glasses of wine at the party last night. 昨晚在宴會上，我們喝了幾杯酒。
☑ **wing** [wɪŋ]	動 飛過，在…上裝翼　名 翼，翅膀，翅，機翼，（政黨的）派別，飛行 The news winged to all corners of the village. 消息迅速傳遍全村。
☑ **winter** ['wɪntɚ]	名 冬，冬季，蕭條期，年，歲　形 冬天的　動 過冬 It always snows in winter in Japan. 日本在冬天總會下雪。
☑ **wire** [waɪr]	動 拍電，打電報　名 金屬線，電纜，電線，電信，電報 He wired me that he would arrive in Tokyo next week. 他發電報給我說，他下週會來東京。

單字、音標	詞性、中文解釋、同義字、相關字、例句
☐ **wisdom** ['wɪzdəm]	图 智慧，才智，明智，知識，學問，名言 I believe they have enough wisdom to solve the dispute. 我相信他們有足夠的智慧解決這個爭端。
☐ **wish** [wɪʃ]	動 祝，想要，希望，向…致（問候語），但願 图 希望，願望，命令，請求 I wish you a happy and healthy life. 願你快樂又健康。
☐ **wit** [wɪt]	图 智力，才智，機智，才子 She likes to hear Mr. Lee's speech which is always full of wit. 她喜歡聽李先生趣味橫生的演說。
☐ **witness** ['wɪtnɪs]	图 證據，證明，證言，證人　動 目睹，目擊，證明，作證，作證人 These facts are witness to his crime. 這些事實證明了他的罪行。
☐ **wolf** [wʊlf]	图 狼，狼皮，貪婪的人，色鬼　動 狼吞虎嚥地吃 It is said that there are wolves around the town. 據說鎮上附近有狼群出沒。
☐ **woman** ['wʊmən]	图 成年女子，女人，女性，女子氣質，妻子，情婦 形 婦女的，女性的 Women usually live longer than men. 女人通常比男人長壽。

單字、音標	詞性、中文解釋、同義字、相關字、例句
☑ **wonder** [ˈwʌndə]	動 懷疑，欲知，感到驚異，感到驚訝，驚嘆 名 驚異，驚奇，驚嘆，驚訝，奇蹟，奇觀 Ann wonders whether Jack told her the truth. 安不知道傑克是否對她講了實話。
☑ **wood** [wʊd]	名 樹林，森林，木材　動 供木材給，植林於 They went for a walk in the woods. 他們在林中散步。
☑ **wool** [wʊl]	名 羊毛，毛線，絨線，呢線，毛織物，毛料衣服 If he puts on the wool sweater, he will be warmer. 如果他穿上毛衣 ，他會覺得暖和些。
☑ **word** [wɜd]	名 詞，話，言詞，歌詞，談話，消息，信息，命令，口令 動 用言詞表達 We have had no word from Ann since she left. 安走了以後，我們就沒有她的消息了。
☑ **work** [wɜk]	動 經營，造成，算出，解決　名 工作，勞動，職業，作品，著作　動 工作，做事，運轉，轉動 The machine doesn't work. 機器不能運轉了。
☑ **world** [wɜld]	名 世界，天下，地球，宇宙，萬物，世人，眾人，世間，人間 The Olympic Games of 2000 is the hot point of all the world. 西元二千年的奧林匹克運動會受到全世界的矚目。

單字、音標	詞性、中文解釋、同義字、相關字、例句
☐ **worry** [ˈwɝɪ]	動 煩惱，發愁　名 煩惱，焦慮，擔憂 After her daughter was kidnapped, Miss. Bai worried about her daughter's safety. 白小姐的女兒被綁架後，她對女兒的安全感到憂慮不安。
☐ **worship** [ˈwɝʃəp]	名 崇拜，敬仰　動 崇拜，尊敬 The Prime Minister won worship by the public. 首相贏得了大眾的敬仰。
☐ **worth** [wɝθ]	形 值得…的，有…價值的 名 價值，貨幣價值，物貨價值 The rarer it is, the more it is worth. 物以稀為貴。
☐ **write** [raɪt]	動 寫，寫字，寫信，寫作，作曲 Happiness was written on their faces when they heard that they would visit New York. 當他們得知要去紐約遊覽時，臉上都露出愉快的神情。
☐ **wrong** [rɔŋ]	形 錯誤的，不正確的，不適當的，不好的，不健全的 副 錯，不對　名 錯誤，壞事，不公正，犯罪 I thought the answer she gave us was wrong. 我認為她給我們的答案是錯誤的。

MP3-25

單字、音標	詞性、中文解釋、同義字、相關字、例句
☐ **year** [jɪr]	名 年，年度，年紀 This year Ann will be twenty-five. 今年安就 25 歲了。

單字、音標	詞性、中文解釋、同義字、相關字、例句
☑ **yellow** [ˈjɛlo]	名 黃色，黃色顏料，黃種人 形 黃色的，黃的，黃皮膚的 動 變黃，發黃 The leaves turn yellow when autumn comes. 秋天到了，樹葉變枯黃了。
☑ **yet** [jɛt]	副 還，仍然，已經，比…還要，也，而，然而 連 而，然而 The meeting hasn't started yet. 會議還沒開始。
☑ **young** [jʌŋ]	形 年輕的，幼小的，青春年少的，未成熟的，年輕時代的 名 青年 The young people are the most vital force in society. 青年是整個社會力量中最有生氣的力量。

act against.......................（違反）

go spare.......................（氣急敗壞）

not to speak of.......................（更不用說）

after a fashion.......................（馬馬虎虎）

now and again.......................（常常）

get ahead.......................（勝過）

let well alone.......................（不要畫蛇添足）

one among a thousand ....（千中挑一的人）

answer back.......................（回嘴）

with open arms.......................（熱情地）

ask for trouble.......................（自找麻煩）

on the beach.......................（貧窮失業的）

fill the bill.......................（出類拔萃）

dance to another tune.......................（改弦易轍）

make a match of it ....（結婚）

英語系列 : 63

躺著背英語單字1600

合著／ 蘇盈盈 , Lily Thomas
出版者／哈福企業有限公司
地址／新北市板橋區五權街 16 號 1 樓
電話／(02) 2808-4587 傳真／(02) 2808-6545
郵政劃撥／31598840 戶名／哈福企業有限公司
出版日期／2020 年 7 月
定價／NT$ 329 元 (附 MP3)

全球華文國際市場總代理／采舍國際有限公司
地址／新北市中和區中山路 2 段 366 巷 10 號 3 樓
電話／(02) 8245-8786 傳真／(02) 8245-8718
網址／ www.silkbook.com 新絲路華文網

香港澳門總經銷／和平圖書有限公司
地址／香港柴灣嘉業街 12 號百樂門大廈 17 樓
電話／(852) 2804-6687 傳真／(852) 2804-6409
定價／港幣 110 元 (附 MP3)

封面圖片取材自／ shutterstock
email ／ welike8686@Gmail.com
網址／ Haa-net.com
facebook ／ Haa-net 哈福網路商城

國家圖書館出版品預行編目資料

躺著背英語單字1600 / 蘇盈盈, Lily Thomas合著. -- 新北
市：哈福企業, 2020.07
　面； 公分. -- (英語系列；63)

ISBN 978-986-99161-1-0(平裝附光碟片)

1.英語 2.詞彙

805.12　　　　　　　　　　　　　109008518

哈福

哈福